U0885604

红尘如泥

HongChenRuNi

陈麒凌／著

四川文艺出版社

图书在版编目（CIP）数据

红尘如泥 / 陈麒凌著. —成都：四川文艺出版社，2016.11

ISBN 978-7-5411-4469-1

Ⅰ. ①红… Ⅱ. ①陈… Ⅲ. ①长篇历史小说－中国－当代 Ⅳ. ①I247.5

中国版本图书馆CIP数据核字（2016）第251564号

HONG CHEN RU NI

红尘如泥

陈麒凌 著

策划出品　磨铁图书
责任编辑　王簖竹　周　轶
策划编辑　王　晶

出版发行　四川文艺出版社（成都市槐树街2号）
网　　址　www.scwys.com
电　　话　028-86259285（发行部）　028-86259303（编辑部）
传　　真　028-86259306

邮购地址　成都市槐树街2号四川文艺出版社邮购部　610031
排　　版　北京东安嘉文文化发展有限公司
印　　刷　北京嘉业印刷厂
成品尺寸　146mm × 210mm　1/32
印　　张　8.5　　字　　数　180千字
版　　次　2016年12月第一版　　印　　次　2016年12月第一次印刷
书　　号　ISBN 978-7-5411-4469-1
定　　价　35.00元

版权所有 · 侵权必究。如有质量问题，请与本公司图书销售中心联系调换。010-82069336

小说主要人物表

傅善祥： 江宁人，傅家二小姐，好读书游历，文才出众。

傅鸾祥： 江宁人，傅家大小姐，擅长刺绣女红。

傅菀祥： 江宁人，傅家三小姐，嗅觉超常，擅长调弄药草香粉。

傅一槐： 江宁人，字守土，傅家三姐妹之父，江宁候选儒学训导。

傅夫人： 江宁人，年轻时以缠得一双好金莲而闻名。

吴　妈： 江宁人，傅家女仆，吴长松的姑妈。

戴孝常： 江宁人，字东田，举人，傅鸾祥之夫。

吴长松： 江宁人，字蔚堂，绸缎商人。

张继庚： 江宁人，字炳垣，生员。

杨秀清： 广西桂平人，太平天国东王。

洪秀全： 广东花县人，太平天国天王。

韦昌辉： 广西桂平人，太平天国北王。

卢贤拔： 广西桂平人，太平天国秋官又正丞相。

何大妹： 广西桂平人，太平天国女馆管长。

陈宗扬： 广西桂平人，太平天国冬官又正丞相。

胡九妹： 广西桂平人，太平天国东王府女丞相。

目录 Contents

目录 Contents

一、没有盘缠怎么敢走天下

还是那一轮月亮。

江畔何人初见月，江月何年初照人，谁知道？

这月亮，照过《诗》里的陈国女子，她太过娇美，惹了谁的愁肠；这月亮，照过汉时的思妇，她整夜不眠，空空的床帏罗帐；这月亮，是李太白幼时呼作白玉盘的，酒醉时举杯邀过的；这月亮，是袁简斋杏花枝头约过的，把他的窗子照了一天雪的。

而此刻他们都去了哪里，谁知道？

这月亮不声不响，它总是那样。一张白胖脸儿从来不生皱纹，也不必吃饭喝茶，也不会饥饿困乏，又有本事挂得那样高，搭了多少层云梯也攀不着，也就没有人能捉它回家，自然不必趁夜出逃。想去哪里就去哪里，灯笼都不用提，床前、松间、西楼、湖光、海上，白银色的月光，它四处都能去得到，又那么轻易，也不用骑马，也不用乘轿，更不用发足狂奔，唉，它本来就是没有脚的。

望月的小女孩叹了口气，低头摸了摸自己的足尖，隔着软软的绣花布鞋，细趾一一，很安然的样子。身边的妹妹睡熟了，倚靠更重，小女孩腾出一只手臂，爱惜地护着妹妹的肩膀。

夜深露重，河里升起一片薄雾，烟乳般，好像要一直涨到利涉桥上来。隔着栏杆，两岸的河房画舫仿佛很远，那煌煌的灯火，那高低的管弦，都仿佛很远。谁家的漆板船，吱呀吱呀地摇着桨过去，吱呀吱呀，仿佛这桥也和着韵摇起来。

小女孩不禁打了个呵欠，五更还早呢，可不能犯了瞌睡，她揉揉眼睛，清警地坐直身子。虽是动作轻微，却还是惊醒了妹妹，这个更小的女孩醒来，第一个反应就是想哭。

“二姐，好冷。”

“穿我这件背褡。”姐姐脱下贴身的绲边水绿长背褡，围住妹妹。

更小的女孩努着花骨朵般的嘴，缩着脖子，极力想把自己缩起来，好暖暖地藏在这棉布衣里：“嗯，这是娘的香。”

“真是奇怪，明明是我的背褡，怎么会有娘的香？”

“娘房里的熏笼就是这个清桂香，娘天天就是这个香味，我知道你们每个人的香味。”

“那大姐呢？”

“大姐是早上开的素馨香，好香好香，咱们家最香的就是大姐。”

“那我呢？”

“你的是有一点点淡淡的蕙兰香。”

“爹呢？”

“爹浑身都是墨汁味，一点儿都不香。”

“你这鼻子真奇怪，我们怎么就闻不出？”

“吴妈说我是小狗鼻子呢。”

“小狗鼻子还得配个小狗嘴，难怪你天天就馋好吃的。”

“那你去娘房里找好吃的吗？”

“什么好吃的，我去寻些碎银做盘缠，这一路坐船打尖，没有盘缠怎么敢走天下？”

“二姐，天下是哪个地方呀？”

“你等等。”姐姐解开小包袱，借着月光取出一本书，“海遥西北极，有国号英伦。这本《东西洋考》丁酉年二月刊有篇《侄外奉姑书》，你听着，‘英妇幸产一子添丁，弄瓦弄璋不异，男女无别，父母一起眷爱之，盖贵女儿当英物，莫不留心养之成人，及设女学馆教之以乐、唱、画、写、作文，识地理，认文理……教女世事举止行藏，竟以成一个女学士’。”

妹妹似懂非懂，略有些心不在焉。

“还有。”姐姐又抽出一本，“这是《大英国统志》，你再听啊，‘英吉利男女品级相等，男尊女，女尊男，裁制长短，裒多益寡……及女儿不独学针黹而已，乃博览经典’。”

“英吉利——有香吗？”妹妹问。

“自然是有，《西域番国志》都说值蔷薇盛开，蒸出花汁，滴下成水以洒衣服，香气经久不散。”

“嗯，还有什么香？”

“咱们一路坐船，途经那些个宋卡国、丁咖罗国，沉香、速香、伽南香，多的是。”

“书上有讲吗？”

“有。”姐姐又去找小包袱，这小包袱并无多余的物品，除了两件衣裳、一个装碎银的荷包，鼓鼓的竟都是书。

“这本谢清高的《海录》，讲到好多香，待我有空慢慢讲与你听，有趣得很。”说完又想起一句，“书上说那大西洋国，‘男女俱穿皮鞋’。”

“又怎么样？”

“女子穿的也是皮鞋，不是莲鞋！你知道吗，到了那里，再也不必怕什么缠足了。”

“那是不是好远？”

“《海录》中写道，在佛朗机西南对海，由散爹哩向北西行，经西洋吕宋、佛朗机各境，约二月方到，掐指算算，正好是过年的时候。”

“呵？！”妹妹叫了起来，她最爱过年，穿新衣，吃欢喜团，看龙灯，本以为出走不过是出新鲜的游戏，就像平常跟着姐姐在河边玩，逛了一会儿就该回家去，哪想到要跑这么远，远到娘和吴妈做欢喜团的年节，她竟可能赶不上吃第一只。

“明日一早，渡口就有运粮的漕船，咱们先到苏州府，经双塔到松江府，从松江府出海到广州府，那里有好多去英吉利的大船。”

“那船公都是人贩子，吴妈讲的！”

“吴妈的话你也信，吴妈还说麻胡子晚上出来吃小儿肉，你曾被他吃掉过吗？”

“要是卖了我们怎么好？”妹妹忧心忡忡。

“光天化日之下，大清国没有律例吗？我们是人又不是货，哪个就敢平白买卖？再说我们有银子给他，又不是白坐他的船，白吃他的饭。你别害怕，姐姐自然会护着你。”

“走不掉的，娘会捉我们回去！”

“娘今晚在外婆家陪护，等她明天回来，船都到松江府了。”

“吴妈一定会发现的！”

“你就放心好了，我在被子里做了两个假人形，吴妈这阵子早睡死了。”

妹妹无话可说，只闷声咬着脸畔的衣服边儿。夜已入静，河上的乐声笑语也渐渐散去，十六满月的光，洁白清朗，照着姐姐秀美的脸。她把书本放好，稳稳地扎好包袱，长嘘一口气，转脸看过来一眼，她的眼神没有一点儿玩笑的意思。

“二姐，我好饿。”过了一会儿，妹妹又说。

“你不是带了吃的吗？”姐姐见妹妹不动，便解开妹妹的小包袱，见里面放了五六只绣花香囊，一枝有些开谢的木芙蓉，并两块酥皮月饼，油渍渍的，用纸包着。“吃月饼吧。”

“我不要吃月饼，我要吃赤豆糍团！”妹妹任性起来。

“没有。”姐姐脸色一变。

“娘说过几日就做，吴妈今天都买了糯米赤豆……”

“没心肝的东西，想糍团吃，等你缠脚的时候吃个够去！”姐姐生气了。江南风俗，中秋过后，煮糯米和赤豆做团祀社，谓之糍团，家里的小女孩，便择此时日缠足，所谓食糍缠脚，能令胫软。

“我才不怕，到时候、到时候爹爹会回来救我。”妹妹有些无趣，却还嘴硬。

姐姐冷笑一声：“爹爹已经两年没回家了，你就等吧。”

二人不再说话，只怔怔地望月。

道光十九年（1839）的这个八月十六夜，月光晴满，龚自珍辞官南归，正在昆山羽琌山馆写作第211首《己亥杂诗》；林则徐继续禁烟，正在虎门的沙角炮台与关天培筹议海防；而在这里，这“灯船歌吹酒船迟，脂粉香销六代愁”的秦淮河畔，江宁傅家的两个小女孩，善祥八岁，菀祥六岁，正预谋出走，逃脱一场肢体的酷刑。

对于傅善祥来说，缠足本来是一件遥远的事情。

夫子庙前，秦淮河南，她的家就在这条钞库街上。她曾想象这条街安静的样子，烟雨微茫的黄昏，青砖灰瓦的人家，落花隔窗里传来一两点枯涩的琴声，燕子落下又擦着马头墙飞走，沿着湿黑的石板小街，前方就是乌衣巷。

然而，那是条永远都不会寂寞的街，卖香粉的，卖膏药的，卖纸扇的，春风起的时候，整条街都弥散着一股暖熏熏的味道，风来无向，那味道也如烛火般摇曳不定，难以捉摸。独有三妹菀祥，辨得出最细微的气息，她说那大块的香是玉兰水粉，大得像娘房里的“漫天帐”，那些茉莉头油香、敷面桃花末都比不过它，只好一小块一小块地压在帐子里。她最爱的熏衣笑兰香更是小，小得只剩一丝毫毛细，她要跳一跳，深深地吸口气，才能闻得到，菀祥的鼻子就是这么神奇。善祥分不清这么多种香，统统归之为脂粉气，但有时她也闻得出那忽而清淡寒苦的香味，是来自葛天成堂小火熬炼的药汤，而那突然丰厚起来的油盐香，必是何二奶奶刚出炉的鲜肉烧饼。

钞库街最热闹的时候，是大比之年的秋天。一觉醒来，雪白的帆船就停满了河岸，站在街上踮着脚望，船帆像连缀起的片片白云。踌躇满志的书生们成群结队地在街上走，背上竹笈里的书页哗啦啦地翻响。他们身上蓝色、白色、天青色的长袍，都被风稍稍地掀起了边角。大姐鸾祥看得津津有味的，却是人家的鞋子，哪双是方口，哪双是圆口，哪双是双梁，哪双是云头，哪双的鞋底厚，该有多少层，哪双鞋帮的刺花精致，哪双鞋的颜色稀奇，曾有个竹竿般的书生，穿了双大红云头镶鞋，鸾祥惊得掩了口，忙不迭地跑回家告诉娘。

鸾祥看鞋，原是帮娘看的。爹爹每次参加乡试，娘定会做一双新鞋给他。娘平日俭省，却舍得用江宁最好的缎，亲手做成簇新的靴，素玄色，滚黑缎镶边，金银线一针一线勾成云纹，取青云直上、步步高升之意。她这双靴，可做得隆重，整整七七四十九天不出房门，洗漱吃喝都是吴妈送进房里。她把全部心血都缝进去，暗地里是想做一双江南最好的鞋，在秋闱考生的鞋子中至少先夺个解元。她相信这双解元鞋定会有助于爹爹的考运，让他科场一举夺魁。

可惜，每次都没有。

爹爹在二十岁那年的院试里考了个第一名的廪生，此后十二年参加乡试，壮心不已，可屡战屡败，就像娘立志要生个儿子，吃斋念佛、求观音，也是壮心不已，却一连生了三个女儿。娘常长吁短叹，为爹的功名和她自己的肚皮，平白在人前短了许多志气，爹爹却浑不在意，照旧读天下书，游名山大川，对酒当歌，谈笑风生，每天都乐呵呵的，善祥真是喜欢他。

也只有爹爹，肯在这样热闹有趣的时节，带着善祥四处游逛。东牌楼沿秦淮河东岸，北抵学宫贡院，南达下江考棚，有多少好东西卖啊。歙州的砚、宣城的纸、宜兴的竹刻、金陵的刻瓷、常州的梳篦、苏州的糖食，更有各式版本的新书古书，好像整个江南省的商贩都来了，就连吴妈的兄弟阿福叔也担了藕饼来卖。阿福叔在城南种菜，人长得短胖短胖的，家里四季吃的荠菜、芹菜、萝卜、雪里蕻，都是他送来厨房里。阿福叔的小儿子吴六常常也跟着来，吴六和大姐鸾祥同年，只比善祥年长两岁，他很机灵，又讲义气，得了好蚂蚱自己不留，尽数分给她们三姐妹。他随阿福叔来卖藕饼，手里摇着一只铜鼓，自会懂得招揽客人，卖得的青铜钱，收在胸前的布口袋里，跑起来叮咚作响。着短衫草鞋的阿福叔，却躲在茶社，盘上一壶香茶、一碟酱汁干丝，悠悠徜徉半日。爹常说“江南卖菜佣，亦有六朝烟水气也”，这说的就是阿福叔。

爹爹最喜欢看戏，这时节庆余班天天都上新戏，唱净面的王老虎，七十多岁，声音如洪钟，震得耳朵嗡嗡响，满堂的叫好声更要把屋顶都掀了去。善祥独爱唱文丑的潘二聋子，他一出场，就算动一动脚指头，都能把她逗得嘎嘎笑。戏园门前有人斗促织，赶考的书生们围了个圆，各人出钱下了注，都想赢一把，赚个好彩头。瓦盆里的小黑虫哪里管你什么彩，它有时不想打架，草根怎么逗弄都不动。

也是这时节，从霄道院的桂花开了，爹爹和他的文士友人就在花下执一壶酒，轮流猜灯谜。古林庵的秋海棠也开了，看花回来的路上，正遇薄暮，鹭鸶也自城外归宿山后，上下翱翔，一望如雪，人人都看痴了，便一路无言。

看花了眼，走痛了脚板，善祥要强，步步都自己走，从不要爹爹背。回到城来，到武定桥吃一碗虾爆鳝面，鲜到舌苔都麻了。爹的朋友却不肯回家，还要到河上画舫去听曲喝酒。也真是奇怪，大考当前，本该秉烛夜读才是，为何他们却抛开书卷，最快意地冶游玩乐？爹爹不答，只吸干碗里的最后一口汤，打了个嗝儿道："放开肚皮吃面，打起精神应考。"

到家的时候，正是掌灯时分。菀祥在吴妈背上睡了，娘和鸾祥在灯下描鞋样，暖暖的光线照着娘腕上的两只金镯子，闪着黄澄澄的光。娘和爹说话的时候，恭敬里却总带着一股端严的神气。"老爷，以后还是少些带善祥出去，一是给你添烦，二是女儿家玩野了，就不免忘形，忘了形还怎么守规矩呢？"又拉过善祥，上下望了一望，拈下头上的桂花碎屑，淡淡说道，"你也不小了，总该上点儿心，学着些女儿的样子。"爹爹待要分辩两句，娘已经在吩咐吴妈："看看书房的灯油添够了没有，就大考了，老爷今晚少不了要通宵念书，点心茶水你也早准备着。"言罢，这才抬头对爹爹一笑。

外面的天地有多少新鲜景致，大姐鸾祥却从来不好奇。善祥叽叽喳喳，说了这样说那样，鸾祥只是笑着听。她是娘最赞赏的女儿，温柔敦厚又文静，最崇拜爱慕娘的人也是鸾祥，一口一句"娘绣的鸳鸯真美""娘描的鞋样真好""娘穿的莲鞋真好看"，善祥有些不以为然："莲鞋能有什么好看？"

"娘的莲鞋多好看啊，鞋底镂着的那朵梅花就像活的，今天周婶婶、张二娘她们也说，不单娘的莲鞋做得第一美，就连娘的莲足也缠得第一好！"鸾祥认认真真地说。

“我可觉得莲足不好看，简直就是羊蹄子。”

“快低声些，当心娘听见了。”

“本来就是，走一步摇三摇，走三步喘一喘，哪里也去不了。”

“娘说女儿家，女儿家，女儿的本分就是守在家。”

“哼！”

“娘说身为女儿家，就得要缠脚，脚缠得好才是真正的美人，女子缠得一双好小脚，就像男子中了举，人人夸奖、光耀门楣不算，自己也好有面子。今天周婶婶讲给我听，娘当年嫁给爹爹，下花轿的时候突然遇了桩事故，你知道吗？”

“怎么啦？”

“女客里有个促狭鬼，冷不防伸手出来拉娘的红裙子，其实是想看娘的莲足缠得好不好，娘反应快，急急把双脚一缩。那些眼尖的却早看在眼里，好一双玲珑娇小的金莲！周婶婶说在场的宾客没有一人不赞赏的，个个都说咱爹爹有福气。也就是娘进门那一年，咱爹爹院试考了第一名。”

“然后再也没考中过。”善祥小声嘀咕。

鸾祥轻轻拍了一下妹妹，又含喜道：“对了，娘说过了年就给我做莲鞋，料子都有了，桃红色的缎。娘还给我看鞋样，香樟底，鞋头缀粉蝶，鞋帮是金鱼戏荷叶的刺绣，底是莲花底。”

“哦。”善祥一点儿兴趣也没有。

“你知道莲花底有多难镂吗？比梅花底还要难呢。可娘说好给我做，真想早些过完八岁生日，过完生日就可以缠脚了。”鸾祥眼里满是期待。

善祥打了个呵欠：“我才不想过八岁生日呢。”

道光十七年（1837），傅家有两件大事：一是开春的时候，爹爹选上了乙酉科岁贡生，赴京城国子监读书；二是中秋过后，大姐鸾祥正式开始缠足。

善祥记得那天的情景，大清早人人都忙碌着，烧水、蒸糍、奉神牌、上香，那是种让人莫名兴奋的过节气氛，厨房里白茫茫的烟气，赤豆糍团将熟漫溢的甜香，娘一脸肃然地张罗着，手上两只金镯子碰击时发出细碎的响，吴妈跑来跑去，菀祥也跟在后面跑，忽然摔了一跤，大哭，吴妈又停下来给她揉揉。鸾祥端端正正地坐在椅子上，身旁的长凳上早已依次摆了蓝布、剪刀、针线、明矾、棉花，鸾祥垂着细嫩的光脚，等得久了，一只脚有些无聊地蹭蹭另一只。

那时两个妹妹都有点儿羡慕她。缠足是这样意义重大的事，娘好像有意让它荣耀起来。鸾祥有了自己的闺房，床、被褥、枕头、帐子和桌椅都是新的，新衣服也做了两套，袜子、布鞋、睡鞋也置了三四套。尤其是娘亲手做的那双莲鞋，精美绝伦，仿佛不是穿的，该在架上摆供，就连善祥也忍不住偷偷试了一次，她虽不喜小脚，可这鞋实在太美了。菀祥最眼馋的，却是赤豆糍团和芝麻汤团。缠脚前的这几天，娘要吴妈天天做，却只准鸾祥独享，糍团和汤团黏软，说是吃了就能骨软，好缠。鸾祥每次端起碗来，菀祥就噙着拇指眼巴巴地看，鸾祥不忍，总偷偷剩些与妹妹吃，吴妈见了就吓菀祥："正好把你一起缠了。"

开始了，木桶里的香汤烟气袅袅。娘那天特别温柔慈爱，亲手给鸾祥洗脚，剪脚指甲，两手轻轻揉搓着鸾祥的脚掌，想必那是很舒服的，鸾祥一直在笑。

"鸾祥，今天娘为你缠足，有些话要说在前头。"娘的动作还是轻轻的，"凡事有始有终，无论这之中遇到什么，你都要咬紧牙关忍耐，不能有丝毫懈怠。"

鸾祥点头。

"有些时候，你也莫怪为娘心狠无情，娇儿不娇学，娇女不娇脚，娘全是为了你好。"娘轻轻地在鸾祥趾间抹上一层明矾，"你但凡忍得过这关，缠得一双好莲足，将来嫁到好人家，终生可以无忧。"

鸾祥点头。

吴妈在一边递过蓝色的缠布条，娘握着鸾祥的右脚，又挨个儿细细地摸了摸脚趾，小脚趾洁白肥圆，憨憨的样子，鸾祥嫌痒，还在那儿笑。娘也笑："我家鸾祥是肉脚，肉脚难成啊，尤其要花工夫。"

吴妈插嘴道："那琵琶巷里的白秀才家，当年娶的第一房就是肉脚，缠得又粗又胖，两只脚面露出来，就是一对黄松糕。"

众人笑，独菀祥追问："黄松糕在哪里？"

吴妈继续道："那白秀才嫌丢脸，甩甩袖子就走。晚上家人到处找新郎，谁知他躲到正觉寺里，哭得眼睛红肿，直吵着出家做和尚，也不要这大脚婆。"

说说笑笑间，蓝色的缠布一道道从脚跟绕上来，至脚趾处，娘停了停，拨开大脚趾，突然将其余四趾用力地扳向脚心。

二、小脚一双，眼泪一缸

夜半，善祥被一阵哭声吵醒。

自从鸾祥住进独自一间的闺房，娘就让菀祥过来和善祥一同睡，不准她再缠着吴妈。菀祥睡觉不老实，睡着睡着突然搭一只胳膊过来，善祥夜里总被她打醒。这晚也是，善祥刚挪开她的胳膊，迷迷糊糊将要睡的时候，就听到东厢有嘤嘤的哭声，时断时续。

善祥爬起来，摸着黑下床，一路循声听去，鸾祥的房里亮着一点儿光，哭的正是她。

金镯子的细响在夜里分外清晰，娘在那里忙着什么，暗暗的灯影下微蹙着眉头。鸾祥半躺在床上，听到声响微微侧头，哀哀望来一眼，脸上全是泪印。

“娘，大姐怎么了？”善祥凑近，看见娘正用针线缝紧鸾祥脚上的缠布，缠布拉得很紧，一道道勒得密不透风，这样昏暗的光里看起来有些吓人，好像那不是谁的脚，而是其他什么东西。

娘淡淡地说：“鸾祥，你看把妹妹都吵醒了。”

鸾祥咬了条帕子在嘴里，把抽泣声压下去。

娘对善祥挥挥手，道：“回去睡吧，有什么大惊小怪的？缠脚总有点儿苦头吃，忍一忍就过去了。”

善祥回到房里，侧耳听到娘关门的声音，又望望那边的灯也灭了，再等了半晌，这才蹑手蹑脚地再去看鸾祥。

“大姐。”善祥轻轻地叫。

“嗯——”鸾祥含混地应了一声。

善祥悄悄爬上床，探手去摸鸾祥的脸，摸了一手的泪水，鸾祥的嘴里还咬着帕子，那帕子已经半湿了。

善祥用力扯那帕子出来，才发觉鸾祥的手已被布条缚住，两手各包成握拳状，不能伸张活动。

“娘这是要做什么，难道缠脚不够，连手也要缠？”

“我实在受不了，把缠布解松了些，娘生气，就把手也缠了。”

“痛得厉害吗？”

“没有。”

“没有你哭成这样子！”

“哪有？”

“你等着，我去拿剪子。”

“做什么？”

“剪掉这些劳什子布！”

“不要，你千万不要，娘要发大火的！”

“那……我把线拆开一点点，明早再缝上就是。”

“娘都做了记号。”鸾祥忍着痛，声音软得像哼唧，“求你快去睡吧，别在这里啰唆。”

“我是帮你。”

“走吧，走吧，待会儿娘听见了……”

善祥正待离开，却听鸾祥又叫了一声：“等等，你把那布仍旧塞我嘴里。”

“做什么？”

“我怕不小心弄出声音，吵到大家。”鸾祥有气无力，善祥只得照办了。

善祥再也无法入睡，小小年纪，这也是平生第一次失眠，翻来覆去，又得应付菀祥横打竖踢的手脚，不觉窗外已晨光熹微，她索性起床，推门出来，四处静谧至极，善祥打定主意，径自往爹爹的大书房走去。

鸾祥又痛醒了，这几天，她已经麻木了日夜的更替，也不知困倦饥渴，所有的感觉就是一个痛。掰弯的小趾紧紧勒在缠布里，连喘气都会牵得剧痛。每次她都不知是怎么睡去的，醒来时眼睛肿得睁不开，她就很伤心，自己怎么醒了。

吴妈照例唤她起床躧鞋，不管这双脚痛得如何钻心，也得下地一圈圈地行走，要不就算缠成莲足，将来也不会走路。

鸾祥勉强下床，用脚跟试了两步，疼得打战，一下跌坐在地上，可怜巴巴地望着吴妈。吴妈拉她起来，未走两步又跌。

吴妈急了："大小姐你可当心，夫人等会儿要拿鸡毛掸子来的。"

鸾祥哭道："我真是走不得了。"

善祥从书房出来，得了救兵一般，一口气跑到鸾祥房里，幸喜娘也在，攒了一大番理，正想找她说去。

娘端坐在椅子上，手里抓着鸡毛掸子，表情实在有些吓人。

可怜那鸾祥，拄着一根竹棍，一点点地用脚跟蹭，泪眼汪汪地去望母亲。

"走，往前走，迈开步子走。"

"走不了啊，娘。"

"怎么走不了！"

"疼啊，好疼！"

啪的一声，鸡毛掸子打在鸾祥脚上，鸾祥跳开，哇地大哭。

"还疼不疼，还走不走？"

"走，走。"鸾祥边哭边哆哆嗦嗦地往前。

吴妈心疼，又不敢拦，只小声嘀咕："唉，前世未作好，今生受这苦……”

娘丝毫不为所动：“鸡毛掸子打你是轻的，要是你还这样不争气，我就要阿福叔牵条狼犬来，看你走不走，看你敢走不快！”

“娘——”善祥突然站在她身前，鼓足勇气望着她，“娘，《商君书》云，圣人不法古……法古则后于时……”

娘莫名其妙。

善祥勇敢地说下去：“缠足是古例，圣人不应效仿古代，因为时势已变，法古就是退后于时势。”

娘不知是气是笑：“我不是圣人，你们也不是，我们都是妇人，我只知道女子必得过缠足这关，自古如此，便应如此。”

善祥想想又道：“《吕氏春秋》曰，先王之法，经乎上世而来者也，人或益之，人或损之，胡可得而法？”

“哦？你倒说说什么是先王之法。”

“《周礼》有屦人，掌王及后之服屦，辨外内命夫命妇之功屦、命屦、散屦，屦要辨，可见男女之屦形状相同，周朝女子必不缠足。”

娘哼了一声。

“《后汉书》记董祀妻，蓬头跣足，赐以头巾，履袜与男子同，男女鞋袜一样，可见汉代女子也不缠足。”

娘不耐烦起来，见鸾祥步态欲停，用鸡毛掸子指她一指。

“《新唐书》载，中宗时，后宫戴胡帽，穿丈夫衣靴；《大唐新语》载，天宝中，士流之妻，或衣丈夫服、靴衫鞭帽，内外一贯，可见唐朝女子又不缠足。”

娘没听，忙着吩咐吴妈打热水来，鸾祥脸色大变，这些天受罪的经验，她已知道这每一次换缠布，缠缚力度就要加大十成，痛也加剧十倍，轮回往返，无休无止，再不复有初始的说笑轻松。她边哭边逃，并不真的敢逃，不过弱弱地做个逃的姿势，吴妈已捉小雀一般捉她在凳子上，一手使力摁着，一手去拆缠布。

哭声、抚慰声、更大的哭声、更高的呵斥声里，善祥的引经据典声被淹没了。她闭口，看着扯开的缠布盘蛇般散在地上，鸾祥的小脚已是红紫一片，长满铜钱孔大小的鸡眼。吴妈清洗擦药，碰一下鸾祥就叫一声，善祥看得惊心，却又手足无措。

娘望了善祥一眼，语气还是淡淡的，说：“你爹教你识字读书，也不知是福是祸，你要命好，就早该投个男儿身。你要是个男儿，说不定能考个状元……”

善祥忙说：“娘，我看大姐真是可怜。”

这时菀祥擎着一枝栀子花，笑嘻嘻地跑来找娘，看见鸾祥哭叫不绝，一副惨状，竟也吓得哇哇大哭。娘又忙不迭蹲下哄她，善祥还欲说话，娘已沉下脸来，喝道：“女呆子，看你蓬头垢面，像个什么样子，还不快去梳洗！”

打那以后，不知有意无意，鸾祥换布上药的时候，娘不再准许善祥和鸾祥在场，甚至平日里也不准来和鸾祥玩耍。事实上，鸾祥茶饭都吃不下，蔫蔫地不说话，只整日哼哼着，哪里还能和她们玩耍？

再没怎么听到鸾祥的哭叫，或许也有，但那些时候，娘总是打发她俩去外面玩，吩咐善祥去房里拿几个青铜钱买烧饼，或者让她们去门口听人唱曲。那时节总有个白头发、短辫子的老头，抱着旧琵琶唱扬州清曲，唱《武松杀嫂》，也唱《秦雪梅吊孝》。听不清他唱什么，只呆呆看他一脸褶子的表情，忽而肃杀，忽而悲戚，而琵琶声铮铮淙淙，像大河的水流，漫过一切声响。

听不见鸾祥的哭。

后来她们也慢慢地，自觉避开这场景，不敢看，不去看。

没看见，似乎就没发生，就与自己无关。虽然善祥时常无故烦躁起来，但又不知该找谁去发火。

她们不知道，娘也很烦。

早知道鸾祥是肉脚难缠，要花些工夫，可两个多月了，该狠的也狠了，该严的也严了，早些时候在她脚下扎了对纺锤，逼着走了半月，脚腰是断了，脚背也勉强隆得算个弯儿，可仍是多肉肥肿。这样下去，如何缠得一双瘦小尖弯的金莲？

“得想办法了，不烂不小，越烂越小。”娘拿起桌上的一个青花瓷茶杯，自言自语，“只有这样了。”

吴妈看着夫人将茶杯摔在地上，用帕子包起几块小碎片，一声也不敢吭。

碎瓷片包在缠布里，更紧地缠在双脚上，血顷刻渗了出来，无声地染红了缠布，更多的布条缠上去，更深的红渗出来，好像是场惊心动魄的追赶。

吴妈抱着鸾祥，用袖子擦她的脸，也擦自己的眼：“小脚一双，眼泪一缸啊。”小女孩哭到抽搐了，张着嘴，却几乎没有声音。

门外，琵琶声依旧铮铮淙淙。

那晚，鸾祥发起热来。

她浑身滚烫，昏昏沉沉，水也灌不入，也不会应人，只见游丝般的气息出来，却再没气进去。

善祥看不到大姐的样子，只知道半夜家里来了不少人，脚步杂沓，窃窃私语，灯笼在纸窗外隔一阵过去一个。善祥爬起床，刚出门就被吴妈赶回来睡觉，从吴妈的胳膊下面，她看到了葛大夫、葛夫人，还有二姨妈、大舅舅、周婶婶，他们围着娘不知在说什么。

天还没亮，大舅舅就把善祥和菀祥接到外婆家去了，外婆家人口多，表兄妹们似乎总在吵吵嚷嚷，菀祥倒是和他们玩得高兴，善祥却独自坐在廊下看书。

深秋气凉，晚间淅淅沥沥下起一层冷雨，屋内的灯火和笑语都不是自己家的，心里就更挂念大姐，却听到菀祥嫩声嫩气地和人说“我大姐要死了”“我大姐要是死了，她的新荷包就给我”“我大姐可香了，她的荷包也是最香的”。善祥又是难过又是生气，忍不住上去掐了菀祥几下，菀祥便哇哇大哭，外婆又来责骂善祥。

她本是不轻易哭的，和爹爹爬燕子矶那么险的地方，她摔了一跤，手臂脱臼，那么疼她都没哭出声。可这晚，这秋雨淅沥、灯火惨淡的别人家，她为这一句责骂暗自哭了许久。

鸾祥整整烧了三天三夜，除了早晚在佛堂求观音保佑，娘还没日没夜地守着她，她不吃东西，娘也不吃。

没人看到她是怎样把脸轻轻贴在女儿滚烫的额上，也没人听到她低声说："鸾儿，娘知道你有多疼，娘也是这么过来的。"

她肿着眼睛，众人面前却依然冷静沉肃，谁也不曾看过她的眼泪。

鸾祥渐渐好起来了，却好像换了另外一个人，整个人好像比善祥还小，又瘦又黄，眼神略显呆滞，凡事都懒懒的。而她的小脚，脓肿之后去尽腐肉，变得无比消瘦尖小，照娘和吴妈的说法，是初成了。

"恰恰好，容得下一枚青铜钱。"吴妈喜滋滋地对娘说，娘颔首。

善祥听得好奇，不懂这青铜钱的典故，想要亲眼看看，可鸾祥每次换缠布吴妈都赶她们走开。这天机会来了，吴妈打了热水，刚给鸾祥解开缠布，阿福叔忽然送了一篮瓢儿菜来，在厨房里声声唤她，吴妈忙擦了擦手上的水，门也没关就去了。

鸾祥的赤脚直直地晾在凳子上，正对着门，善祥第一眼就被吓住了。

这是什么，这不是脚，就像两坨怪肉，说不出来的形状，上面瘢痕点点，不知是红是白，暗暗的不新鲜的颜色，怪异得让人心慌。

脚背驼峰般隆起，脚心深陷进去，那里的缝隙可以嵌入一枚青铜钱。

大脚趾孤零零地一个向前跷着，其余的脚趾去了哪里？

其余的脚趾都死了，紧紧地依次偎着，整齐地压在脚底，平薄干枯，像夹扁的纸片鞋样，又像静静躺伏的一排小尸体。

善祥呆怔在那里，那是一种突然被塞堵的感觉，震撼、惊骇，害怕又恶心，似乎超出了极限，甚至微微眩晕，有种想要号哭出来的冲动。

她的表情伤害了鸾祥，鸾祥匆匆把脚收起，慌乱中踩进桶里，哪知水刚烧开，烫得赶紧拔脚出来，踢了一地的水，又羞又怒，只好尖着嗓子喊吴妈。

善祥转身跑开，一口气跑到花园的回廊下，狠咬着手背，咬出血印都不觉疼，不知何时迸出的几点泪，热热地烫着眼。她一直以为很遥远的事情，或者说她一直未曾直视的事情，现如今，这么近、这么粗暴、这么惊心动魄地横在眼前！这就是娘几个月来的大功劳，活生生把自己的女儿残虐至此，要多狠的心才下得了手，还能心安理得，吃得下、睡得着、笑得出，还能口口声声都是圣贤道理！世上哪有这样的娘？除非那是有仇有恨，除非那不是自己的骨肉！她心里悲愤难抑，烈性上来，径直去找娘声讨。

娘在缝一件夹棉衣，准备托人带给京城的爹爹，虽然善祥涨红的小脸让她有些奇怪，但仍没停下手中的针线。

“娘，我想问你，鸾祥可是你的亲生骨肉？”

“什么事？”

“鸾祥既是你的亲生骨肉，她斩断双脚你于心何忍？”

“你在说什么？”

“缠足和断脚有何分别？一样疼，一样流血，一样死里逃生，一样残了废了！”

“善祥，缠足的事，今日你们有多恨，将来就会有多庆幸，今日百般忍耐之苦，将来会博取千种美誉，到处夸好，娘要你们学着明白，人生有舍才能有得。”

“什么美誉要用断手断脚去换？袁简斋都说，戕贼儿女之手足以取妍媚，犹之火化父母之骸骨以求福利！”

“无礼！谁教你这样和母亲说话！你爹把你宠坏了！”

“我爹一定没有看过你这样狠心对待亲生骨肉，我爹也一定没有看过这样恶心畸形的小脚，一定没有！你也不敢给他看，是吗？你一天到晚都缠着藏着，睡觉也要穿睡鞋……”

啪的一声，金镯子黄光一闪，娘的耳光打过来：“胡说八道的小孽障！”

这是娘第一次动手打她。

记忆中娘总是端严正大的神气，对爹爹，对女儿们，对下人都是如此，那种只让你恭谨起敬，远远地行礼唱喏，却绝对不敢近身亲昵，不敢随便说笑。三姐妹里，鸾祥乖顺，得娘夸赞最多，菀祥最小，得娘的宠溺最多，独善祥自己觉得不上不下，常受冷落，娘必不肯多疼爱她。再者她喜欢的又是读书、作诗、到处游玩，自然觉得爹爹更亲近些。

即使如此，这也是娘第一次动手打她。也许并没有多疼，但羞愤的感觉尤为炽烈，她觉得一边脸都肿了，烧辣辣地疼，遂恨恨地想，能对鸾祥下那样狠手的娘，这么疼的耳光当然打得出。当晚她被罚不准吃饭，《孝经》《女儿经》还要各抄一遍，不抄完就不许睡觉。

不吃就不吃，饿死也不求饶。善祥把自己关在房里抄书，边抄边嘟囔。

“身体发肤，受之父母，不敢毁伤，孝之始也。岂有此歪理，自己毁伤是不孝，当娘的随意毁伤是孝还是不孝？真是自己打嘴。

“故不爱其亲而爱他人者，谓之悖德；不敬其亲而敬他人者，谓之悖礼。什么狗屁东西，亲不爱我，为何要我爱亲？亲不配我敬，为何要我敬亲？”

自言自语半天，抄得手也疼了，眼也酸了，肚子又饿，正难挨的时候，吴妈偷偷送了两个煮鸡蛋进来。

“不吃，我不吃她的东西！”善祥扭过头去。

“什么你的她的，磨牙斗嘴就你最能！”吴妈笑着喝道，“这俩鸡蛋是我的，阿福叔今天捎给我的，你吃还是不吃？”

善祥这才肯慢慢吃了。

“吴妈，你在我家多久了？”

“你姐妹三个都是我亲手接生、亲手带大的，就是这么久。”

“鸾祥是娘亲生的吗？”

“当然是。”

“你亲眼看见了吗？”

“当然，我亲手剪下的脐带。”

“我呢？”

“你们三个都是我剪的脐带。”

“哼，哄谁呢？要我说，这里面必有些身世隐情、惊天秘密。”

“什么秘密？”

“鸾祥本是两江巡抚的千金小姐，可惜是庶出，生母貌美软弱，被正室所妒恨，设下一毒计，一出生就被抱走抛弃，换成狸猫，以陷害其母不吉进而失宠。被弃的婴儿刚好被我娘捡回，遂抱养并起名鸾祥。”

“我的老天爷啊。”吴妈叫道。

“至于我，嗯，我本是你的女儿。”

“啊？”

“我爹虽以娘为正妻，却爱慕吴妈的温柔仁爱，遂日久生情，珠胎暗结，生下了我。我娘妒恨中烧，但害怕爹爹，又要面子，虽不准爹纳你为妾，却把我抱过来养，并起名善祥。”

“天打雷劈啊，二小姐！你还在这里胡说八道，连我都要拧你的嘴！”吴妈哭笑不得，“你定是看那闲书，听那戏文太多，脑子乱了。阿弥陀佛，你再别说起刚才那些胡话，当心夫人听了气死。”

“那还能有什么道理？你说，做娘的对待女儿心狠手辣，毫无体恤爱怜，哪里像是亲生的？”善祥仍不服气，吴妈忙上来掩口，不准她再说。

抄完了书，已是夜深。冬月虽尽，春寒正料峭，坐久了手脚冰凉，善祥甩甩腕子，跺跺脚，拨了拨灯草，顺着这笔墨、这道气，她要给爹爹写信。

她想告诉爹爹，今年天气冷得久，小园里的桃花那么久还只得几点小芽芽，听人说复成桥北桃花开得好，坐小舟可至，她很想去，但是娘不准，也没人带她去。何家书坊又送了一批新书来，她最喜欢看那几本游志类的，有一本讲西洋国的小册子尤其好看，不知爹爹在京城可否读过。寒食节前两天，吴六带了只蜻蜓风筝给姐妹们玩，可惜园子太小，风筝飞不起来，要是爹爹在家就好了，可以带她去雨花台放，就像去年三月那样，放了风筝，顺便到永宁泉茶社坐坐，吃杯茶，佐些梅豆茶干，那才是春天的气象。

她想对爹爹说，人世间那么多有趣的地方，真该去走一走，人世间那么多美好的景致，真该去看一看。京城的山水风物一定很有趣吧？她心里向往得很，别说京城了，就连江宁的山山水水都还没走遍。爹爹教过她一句话，江南陆伯言说的，志行万里者，不中道而辍足。她不怕累和苦，她长大了，要像爹一样做个志行万里者，而不是像娘那样，三寸金莲，作茧自缚，高不能领略登阶临空之美，低不能体验涉水濯足之乐。

她不要像娘那样缠足，清水出芙蓉，天然去雕饰，缠足矫揉造作，是逆天。耳朵太长割短了，下巴太肥削平了，那就成了残废之人，可为何双足被强力缠废，反而个个夸美？爹爹你只见穿着华美莲鞋的小脚，纤纤弯弯、娉娉婷婷，你可曾亲眼见过那残废的赤脚，那世上最怪异恶心的惨相？如果你见了，你断断不会再以它为美；如果那是你爱女的双脚，你断断不忍再让她饱受此苦。爹爹你可知大姐缠足六月，血泪无数，命几殆矣，要怎样的铁石心肠，方能对骨肉下得了这样的狠手？虎毒尚不食子！而今只求爹爹见信速速回乡，唯有爹爹能解救大姐逃过此难。盼盼！

善祥写好了信，偷偷封好，藏在枕下。不几天，娘的棉衣缝好，连带一些特产物品打包，准备托人带给爹爹。善祥抽个缝隙，把信塞进棉衣袖里，以为甚为妥当，哪知娘临时想起要给棉衣加个暗袋，于是，信就露出来了。

善祥被叫到娘房里时，娘正在看那封信。没有料想中的雷霆大怒、耳光或者任何惩罚，这反而让善祥有些不安了。娘看起来很疲惫的样子，昏昏的灯影里她显得有些黯然。良久，娘淡淡地说："你……回去睡吧。"她甩了甩袖子，金镯子咣当一声，一手将那信点着，就着火盆烧了。

善祥咬了咬嘴唇。

三、她一辈子都不要穿这种鞋

鸾祥渐渐好起来了。

她已经能在屋内慢慢行走，有时也能走几下“莲步轻摇”，娘教她如何迈步，如何摆手，如何端庄又娉婷。她穿着莲花底香屑鞋，娘亲手做的，鞋跟中部有藏香的暗屉，走一步，香屑纷纷轻落，地上刚好是朵莲花，鸾祥便走一步，回头望一步，依依不舍又很自怜的样子。

她似乎已经忘了疼痛，一如从前笑意盈盈的模样，一如从前对娘的仰慕和依赖，她天天黏着娘，描鞋样，绣花草，说体己话。周婶婶来家，张二娘做客，见了她便要看足，穿了鞋看，又脱了鞋看，夸她的脚瘦小尖俊，缠得好，鸾祥就脸红红的，不知是羞是喜的样子。她开始穿长的膝裤，刚刚遮住小足，她像母鸡护蛋般护着双足，生怕被男人们看到，甚至在一起玩大的吴六面前，也紧张得如临大敌。她甚至一样严防着善祥，每次换缠布的时候都门窗紧闭，其实，善祥是不会再去看的。

一年又过去了，爹爹还是没有回家，娘每次写信都要他安心读书，博取功名，她会天天在观音前为他祈福，家里一切如常，不必挂念。

家里一切如常。过了乞巧节，就是善祥的八岁生日，生日的银丝面和元宝蛋亦如常年，不同的是，娘送了她一件礼物，蓝花布包着，悄悄地放在床头。善祥打开来看，脑子里嗡的一声：香樟底，莲花瓣，桃红色缎，金鱼戏荷叶刺绣，和鸾祥那双一模一样，这是双新做的莲鞋。

她不要，她一辈子都不要穿这种鞋。

她的声音很微弱。娘那几天忙着找工匠，要把西边那间闲置的厢房拾掇整齐，家里每天都有人来，泥瓦匠、木匠、窗纸匠、绸缎庄的伙计、量体裁衣的裁缝，善祥找不到说话的时机。事实上，开口似乎比从前难了，娘一见她便笑，慈眉善目的笑容让她斗志全无，甚至于有时被娘拉进怀里，被娘轻轻地抚弄鬓发，她整个人就更无措了。

“善祥，你就要有一间自己的闺房了。”这么近，娘说话的气息温暖着她硬硬的小脖颈，又顺手为她理了理头发，娘的金镯子凉凉地擦过脸颊，上面镌刻着些奇怪的纹路，“床柜桌几都请罗木匠做新的，你爱读书，我便给你多做一个书橱，两扇门，赤水木。罗木匠说赤水木虽然贵些，胜在古雅，他可讲究，连铰钉都要用紫铜，说白铜俗气。”

有一次她鼓足勇气终于说了：“娘，我不要缠脚。”

娘望她一眼，温柔耐心的样子：“我像你这么大的时候，也说过这话。”

“娘，我是当真不要！”

“每个女子都要缠足，没有例外。”

“阿福婶也没有缠，吴六的大姐也没有缠，西洋国、东洋国的女子也不用缠，不是都好好的？”

“有身份的女子必要缠足，这是荣耀，也是命！”娘还在笑着，却是不容反驳的语气，“过了中秋，天气凉些，就给你挑日子。那些孩子话，以后莫在我面前提了。”

甚至鸾祥也不帮她，反而悄悄来劝：“没什么可怕的，忍一忍就过去了，娘总是为我们好的。你看我现在缠成了，人人都说好看，就是自己看着，也觉得不丢人。”

日子一天天过去，新闺房收拾停当，新衣服做好了，新买的糯米，石磨盘里磨出雪白的粉，新买的赤豆，在簸箕里珊瑚珠般地散开，展晒在秋日的阳光里。在秋日明亮的阳光里，旧的蓝色缠布，新的白色缠布，一道道匝满了晾衣杆，那种微微惊悚的景象，像千万条蓝的、白的蛇虫，就要缠绕到人身上。她们不说什么，但那神秘和兴奋的忙碌她熟悉、厌憎又惧怕。她不说什么，从闺房跑到书房，从书房跑到小园，没有出口，到处都是门和墙。

再不逃，就没时间了。

她偷偷打定主意，在爹爹书房记熟了《水程一览》《天下水陆路程》《大英国统志》几本杂书，收拾了一个鼓鼓的包袱，藏在衣箱深处，准备中秋过后便离家出走。不料那晚菀祥过来玩耍，非要赖着睡她的新床，闹腾起来，翻箱倒柜，这就发现了包袱。询问下来觉得好玩，菀祥也兴致勃勃地要跟着去，还说要是不带她，就去娘那里告密。多了个出逃的伴儿，似乎更壮胆气，再说带走菀祥也是救她，将来可免遭缠足之苦，于是善祥和妹妹如此这般地商议了出逃计划。密谋举事的感觉很是新鲜振奋，姐妹二人从此不再受娘的管制，行万里之志终能成真，善祥觉得此举意义非凡，虽然菀祥更像是玩过家家。

于是，便有了开头那一幕。

夜更深了，秦淮河的笙箫歌笑也稀落了，月亮在天上走了一程，似乎更高了些，岸边有三两扶醉归去的人，很快便岑寂了。

“二姐，我想回家睡觉。”菀祥终于说出这句话。

“怎么回事啊？志行万里者，不中道而辍足，我们还没开始走呢！”

“我想回家给娘写一封聪明信，明早再出来。”菀祥又想到一个好借口，她说的聪明信就是用葱白汁写字，纸上不留字迹，须得用火烤一下才能看到，也不知是从哪学来的淘气法儿。

“走就走了，还弄出那些花样做什么？”

“这河边瘆人得很，吴妈说半夜水鬼会打着灯笼出来，咱们先回家睡觉，明早再来出走也是一样。”

“回去就来不及了，哪里有什么水鬼？”

正说话间，桥头红光闪闪，真的有个灯笼来了。

两人浑身发紧，一动也不敢动，菀祥更把头扎进善祥怀里，不敢睁眼去看。

话说提灯笼的人，却是钞库街上葛天成堂的葛大夫，他下午到城西陆家巷看个病人，耽搁得久，现在才回来。走到利涉桥上，忽见桥中央坐着两个垂髫的小女孩，先惊了一惊，心想别是走夜路见了鬼，遂大力咳嗽一声壮胆。哪知这声咳倒把菀祥吓得哇哇大哭，她道是水鬼清了嗓子就要张口吃人了。

这一哭一闹，倒看清了彼此。

“你们两个怎么在这里？”

“等船啊。”菀祥口无遮拦。

“不是……等我娘的船……”善祥慌忙遮掩。

“你娘去哪里了？”

“外婆家。”

“你外婆家在方家苑，坐什么船？”

“我娘去了外婆家……又坐船去亲戚家……呃，她很快就会回来，她让我们在这里等……”

“半夜三更的，傅夫人怎么放心？好吧，你们乖乖在这里等，不要乱跑，知道吗？”

两姐妹忙不迭点头称是。

葛大夫提着灯笼，越寻思越不对劲儿，回到钞库街上，直奔傅家擂门叫人。家人们这才慌了神，吴妈一面使人连夜通报夫人，一面带着两个家丁，赶紧朝利涉桥上来。一路呼声连连，赶到时，桥上却空空荡荡的，影儿也不见一个。吴妈又急又怕，哭也哭不出来，两条腿一软，站也站不住了。

她哪里知道，这两姐妹正藏在桥下的金公祠里。祠堂幽深昏暗，神台上油灯如豆，两人藏在香案的垂幔下面，身边嗖的一下，穿过一只老鼠，又有什么虫的爪须从脖颈擦过，又有什么黏黏的一道蛛丝粘在脸上，菀祥又累又困，又惊又怕，听到门外吴妈声声呼唤，哪里还能按捺得住？哇的一声哭喊，人已经跑了出去，直往吴妈怀里扑，吴妈也搂着她哇哇地哭。

至此，傅善祥的万里之谋就在这片哭声中告终了。

没有退路了，娘不再耐心温柔，对付这个叛逆桀骜的女儿，她只能来硬的。

八月二十四日晨，善祥被强行摁在凳子上，开始她誓死抗争的缠足。娘不明白，这小小的人儿哪来那么大的力气，踢翻了两桶水，咬破了吴妈的手腕，要四个仆妇帮忙，抓手的抓手，抱头的抱头，扯腿的扯腿，捂嘴的捂嘴，这才勉强缠了一遭。这场搏斗让为娘的精疲力竭，看着女儿头发披散，脸色惨淡，哭得上气不接下气，倒地犹全力要蹬脱脚上的缠布，她只能继续硬着心肠。

然而，娘低估了善祥的抵抗，缠上脚那天开始，善祥也开始了绝食。

吴妈一趟趟地跑来报告。

“不吃东西，水也不喝，怎么办呢，夫人？”

“喂不了啊，喂什么吐什么，衣裳席褥都脏了。”

“哪里灌得进？我真是怕了二小姐了。”

“已经两天没吃了，夫人，这可怎么办呢？”

“三天没吃了，夫人，要出人命的呀，求您快给她解开吧，救人要紧，以后再缠回来。”

“夫人，二小姐怕扛不过明天了，有气儿出来没气儿进去……”

娘坚决不去看她，努力地维持着自己的正大端严，尽管这努力异常艰难，娘的声音在发抖。

“让她去吧，这样忤逆的女儿，没有什么可惜，我宁愿她现在死了，免得将来痛苦。”

善祥觉得自己很轻，奇异得让人欣喜的轻盈，不疼，不饿，也不伤心。真的，好奇异啊，意识模糊里，她感觉自己好像可以升腾起来，升到椽梁上，升到格窗上，升到书橱顶，像那不用脚的月光。在高处好奇地看着房里的一切，床上那个昏睡的人，好像跟她无关。

门吱呀一声开了，是鸾祥。她爬上床，将手里的糕捏碎了，努力凑近妹妹嘴边。

“善祥，你吃一点儿，你吃一点儿好不好？”她低低地哀求着。

见善祥毫无反应，她呆呆地望了半天，又跳下来，倒了半杯茶，用帕子湿了，仔细地擦拭妹妹的唇，一边擦一边掉眼泪，样子可怜，空中那个善祥忽然不忍了，她想跟姐姐说话。

“大姐——”善祥睁开无神的双眼，所有的疼和痛苦又一下子回到身上。

“善祥，善祥，我喂糕给你吃吧。”

“大姐，埋我的时候……记得把我脚上的布解开……”

“你可别说这些话了，我现在就帮你解开。”鸾祥哭着说，双手去碰那缠布，停了停，终究还是不敢，“你等着，我求求娘去。”

转身却见菀祥不知何时也傍在床边，菀祥年纪小，心肝大，见此情景是害怕多于忧伤，见鸾祥去找娘，也要紧紧跟去，又一贯爱恋鸾祥身上的香，此时还要凑了鼻子去闻她衣衫。

“你就在这儿照看，哪里都别去。”鸾祥吩咐一句，菀祥只得乖乖留下。

菀祥有些理亏，自从在利涉桥上被捉回来，善祥就再没理睬过她，她知道，二姐恨她坏了计划，也恨她什么都招了，又怕责罚，自己推得干干净净，害得善祥被娘一顿好打。此刻，她只得厚着脸皮找点儿话说。

“二姐，我写了一封聪明信，你要不要看，这样是看不见的，得用火烤一烤哦。”

“不要。”

“二姐，我得了块木香饼子，给你放到荷包里好不好？”

善祥闭着眼，轻轻地摇头。

“葛夫人给我的，很香的饼子哦。”

“等我死了，箱子里的……那些荷包，你都拿去。”善祥虚弱地挤出一句。

“我不要你的荷包！”菀祥红着脸道，“我有的是新荷包，你的荷包你自己用。”她怏怏地嘀咕了好几遍。

不知那算不算最后一刻。

后来的事情都是别人告诉善祥的，她开始昏迷，像是醒不了的梦，一个接着一个。据说娘还是来了，也许是来看她死了没有。娘说：“既然如此，我就成全你。”然后娘便回身抄了把剪子，她们说从来没见过娘的脸色那样可怕，大家都不敢看，以为娘要杀人了。剪子却是朝脚上去的，娘剪开了她的缠布，娘亲手剪的。人人都长嘘了口气，却又听到娘说：“你本事大，我管不了你。从今以后，你也别再叫我娘。”

娘说这句话的神情语气，她们的描述都不一样，菀祥说是“恶狠狠的”，鸾祥说是“一怒之下”，吴妈用的词却是“心神俱伤”。

娘不是说笑的，善祥知道。自那天起，自傅善祥八岁那年的秋天起，她没在嘴上喊过娘，她称娘作“夫人”。夫人和娘自然是不一样的，夫人不问她生死，也不疼她冷暖。饥了渴了，要吃便吃，不吃便罢，四季衣裳，每年惯例两套，做什么便穿什么，无从挑拣。年节走亲戚，逛花灯，她愿意就跟着，缺了她也没人在意。夫人正大端严，再不正眼看过她，也不和她说话。人多的场合，言笑晏晏的时候，揣她心情不错，善祥也曾斗胆搭句话，夫人却好像没听见，是无意的，是故意的。善祥终于确信，夫人不喜欢她，或者说是厌憎吧，有时想来真让人伤心。自怜自艾之后便自觉识趣，夫人在的地方，想方设法躲开，实在躲不过去，也低着头不看，有时却有意昂着头，表示不在乎。

唯一值得欣慰的是她保全了这双脚，尽管代价不菲。就像鸾祥禁不住时时赏玩自己的小脚一样，善祥也常常望着五趾俱全的双足出神，尤其是沐浴之后，光着脚走在微湿的方砖上，她低头看，每一根脚趾都舒展自在，每一步脚掌都稳实有力，洁白莹润的脚背上沾着未干的水，她踢一踢，就好像飞出一串珍珠。

一天天地，女孩们成长着。鸾祥勤于裹缠，她的脚越来越小，小到不足三寸，一双妙莲已经在亲戚间传为美谈。善祥顺其自然，脚板日益生长，鞋子常常不合穿，便爱趿双木屐。开始还怕被夫人嫌恶，极力轻悄乖静，后来一想，无论怎样也讨不了她喜欢，那又如何，便愈发肆意起来，满屋里放肆地走，连吴妈都说吵得耳朵要聋了。

只有吴妈疼她，约莫着她的脚又长了一些，便送她一双新鞋，样式是极朴素的，水绿的布面绣一枝茉莉，或者天蓝的底儿缀几点百合，自然比不上鸾祥那金雕玉镂的莲鞋，但穿上合脚得很，又舒服，简直有平步青云的感觉。善祥欢喜起来，便搂着吴妈撒娇，说自己编的身世故事可不是假的，夫人实为后母，吴妈应是亲娘，直把吴妈臊得脸红又急得跳脚，善祥便哈哈地笑倒在她怀里。那些绣花布鞋穿旧了，穿小了，也舍不得扔，一双双洗干净包好压在箱底，只有吴妈疼她。

吴妈有时也很讨厌，没事就看着她这双大脚长吁短叹。

“小姐下楼噔噔噔，丫头下楼扑通通。同是一般裙衩女，为何脚步两样声?”

“为何呀？”

“小姐金莲咯噔噔，丫头大脚扑通通。”

“哼！”

“缠小脚，嫁秀才，吃白米，就蹄髈；缠大脚，嫁瞎子，吃糟糠，就咸菜。”

“秀才瞎子都不嫁！”

“那就嫁给我家吴六吧！”吴妈上了脸，朝着窗户佯装喊，“吴六，吴六，给你个大脚媳妇要不要？”

气得善祥直跺脚，以后见了吴六也不说话，连他一起恼了。

偏这话吴六也听到了，便有了背人的小心思，见了善祥也不大敢说话，大家从小一起玩，反倒越大越生分。

说起吴六的小心思，其实有些可笑。他自小就喜欢傅家三姐妹，三姐妹就是三枝花，鸾祥温柔秀丽，如四季素馨；善祥刚烈清丽，如天竺蜡梅；菀祥烂漫明丽，如重瓣山茶。他幼时曾奢想过，长大了三枝花都娶回家，鸾祥女红好，可以给家人缝衣制鞋；善祥学问好，可以教童子读书识字；菀祥和他最合拍，白日里两人就在集市里卖菜卖饼，他吆喝菀祥摇铜鼓，赚了银子买酒买盐水鸭，大家和和乐乐一起吃。有时他又犯愁，三姐妹娶回家，照年纪排行，应以鸾祥为大，可是善祥那性子，又岂是个甘为小的？如果实在无计，只能抽签，或者斗个促织，赛个风筝什么的，这样谁也没话说。

他只是奢想而已，哪里就敢当真。这日却被吴妈一句玩笑触动了心思，回到家来装作开玩笑，随口和他娘提起。他娘泼冷水道："你是癞蛤蟆想吃天鹅肉，人家金枝玉叶的小姐，再不堪也不会嫁给你这个种菜郎！"

这话很是伤他，也暗暗催他用功，吴六不肯再帮家里种菜卖菜，独个在城里磨盘街百源缎庄寻了个学徒的差事。因他勤快伶俐又忠义，上上下下都赞不绝口，老板周学元更收他为义子，百般倚重喜爱。

这时吴六已经有了正经的名字，吴长松，字蔚堂。名字是他爹阿福叔托傅老爷起的。傅老爷从京师国子监学成归来，被荐了个候选儒学训导的虚职，日子清闲挥洒。他为人又最是没有架子，偶尔阿福叔送来新鲜的瓢儿菜，他就拉着阿福叔留下喝酒，唤厨娘将瓢儿菜与冬笋一同煮了，再佐一碟油炸小蟹、一罐糟肉、半只桂花鸭，酒是镇江百花。三巡过后，微醺中他总会说："江南菘之美者，出于天然，非北方所谓洞子货也。"

是的，爹爹回来了。

那天正好是腊八节，回光寺的长老煮了七宝五味粥，特意送了一份过来，揭开笼屉，热气腾腾地摆在桌上。爹到家的时候正饥寒难耐，来不及说话，先吞了一碗落肚，脸上这才露出笑容："腊八粥，还是我乡的好。"

对于爹爹的归来，娘是喜忧参半。早前她听说爹爹在户部梅郎中府上做幕宾，心想以同乡情谊，梅郎中的举荐多少都有些分量，不料爹爹急于回乡，只得了个儒学训导的举荐，而且还是候选的。

"听说当今圣上很是器重梅郎中，你常在他家走动，岂不是更能见多识广？家里的事情不敢劳老爷操心，读书人还是功名要紧。"娘小心地劝道。

"什么狗屁功名！梅郎中那样的都说，'故人怜我久京华，宦味谁知薄似纱'，官场诸事，劳心耗神，都是一过客而已，外乡玉盘珍馐凤髓龙肝，不及我家一碟瓢儿菜。先君给我起名为一槐，字为守土，也就是要我安守故土吧。"

"在家也好，饮食起居也方便些。男儿要立功名，原不分身在何处。"娘笑吟吟地说，"老爷，我看你这双靴子也旧了，明年又是大比之年，我早早给你做双新的吧。"

“不必了，旧有旧的好，两下磨合、揣摩多年，鞋知脚的癖，脚也领鞋的意，舒展自在，哪里是新靴能比的？这次回来，我早立誓不再应举，人生苦短，我二十年来为八股文章疯魔痴狂，每每受制于人，沮丧萦虑不堪，受够了。”

“读书人不去应举……那老爷想做什么呢？”娘强装笑颜。

“读书著文游历，自由自在，不违心。闲时设馆授课，教五六童子，……对了，我不在家，女孩们的功课怎么样了？”

“女儿家哪敢说什么功课，能认几个字就不错了——鸾祥读了些《女诫》《内训》，菀祥刚能背一些《女儿经》。”

“善祥应该读得不少，我见书房许多新书都有她的批注。”

“是吗？”

“善祥的字写得不错，蝇头细楷，笔笔端谨，有晋人风味，可让菀祥临摹学习。”

“不劳老爷操心，菀祥一直跟善祥学字，学得蛮像，就像一个人写的。”

“说到善祥，我差点儿忘了一桩大事。此次回乡，在沂州府遇到故人张介福，无意中竟说成了一桩亲事。介福公子名继庚，字炳垣，今年十岁，现随其父赴湖南保靖任上。我看这张公子虽小小年纪，但文采斐然，颇有志节，前程不可量也，便逐一合了八字，偏巧和善祥最为相生，当下就说成了亲家。”

“老爷，我看你赶紧把这桩亲事退了吧，省得将来辱没了人家的门第。”

“为何？”

这时菀祥从外面跑来，怯怯地望望爹爹，手里玩着香囊的穗子，腻在娘怀里撒娇，时时又转鼻闻闻娘的香味。娘摸了摸她的头，继续说道：“你家二女儿是大脚，拼死也不肯缠足！小小孩子，我真是管不了。该是上辈子欠她的，她就是来讨债的。”

“哈哈哈，我家善祥果然天赋异禀、不同凡响啊。”

“老爷还笑得出来？”

“积俗流弊，缠足尤甚。小儿七八岁，无罪无辜，要受此无限之痛苦，缠得小来，不知有什么用？”

娘没作声，只轻轻叹了口气。

菀祥独个儿站在院子里，痴痴地望着天，正遇吴六送货经过傅家，顺便拣了些绸缎布头给菀祥做香囊。

“六哥，你见过天上掉饼吗？”

“我常听人说，这等美事，简直是天上掉馅饼。”

“那是真的了，我二姐就遇到过这等美事。”

“是吗？”

“是，我爹说她是天赋一饼。”

“呃。”

“我得问问她，饼是什么馅儿的。”

四、十七岁那年的上元节

十七岁那年的上元节，鸾祥的名声不胫而走。

她是那种最守礼的女子，常年深在闺中也不觉寂寞。鸾祥似乎总不闲着，从早到晚坐在窗前刺绣，一手持绷，一手引线。她的绣工越来越好，针引彩线，穿刺成画，那些花鸟虫鱼，随手拈来，无不栩栩如生，鲜活动人。

鸾祥性情温厚宽和，刺绣的时候却极为讲究。每天早晨刺绣前，她的房间必洒水扫灰，床、几案、桌椅，乃至衣橱都要干干净净、一尘不染，有时善祥来看她，在门外都要放轻呼吸。

“大姐，我新换的衣服鞋子，能进门否？”

“可洗手了？”

“早上洗过了。”

“再去洗洗。”

“哎呀，我又不是卖炭翁，我又不摸你的东西，总可以吧。”

“绣品不能洗浣，稍有不洁就全毁了，好妹妹，再去洗洗手来。”

善祥只得去洗手，这才准坐在一边观看。

“大姐，你绣的这只禽鸟，为何颜色这么淡？”

“月下景物，配色宜稍淡。”

“仿佛作画。”

“可不就是作画？”

“以针为笔，缣素为纸，以丝绒为朱红铅黄，大姐之绣，即闺阁中之翰墨也。”

“别抬举我了，女红本居四德之末，刺绣又是其中小技，不过学来静心养性。娘说得好，绣花能使好动者静，好言者默，又可戒除懒惰浮躁，你什么时候想学，我倒愿意好好教你。”

“我学来做什么，一来有个好姐姐，想要什么她自然会绣给我，二来风景尽日看不足，我可学不来什么悠闲贞静。”

“你这两日又去哪里玩了？”

“爹爹带我去聚宝门那边看万竹园，明朝魏国公的别墅，那里景色很好，方塘一口，修竹万竿，夏天想必更幽静。但我更爱这时节，竹叶上覆些轻雪，风吹有声，雪粉簌簌摇落，别有一番风致。”

“又是女扮男装去的吧？”

“这次没有，你知道男装有多丑，尤其是那黑皮小帽，风一吹就露馅儿，我本是碧玉年华的美貌女子，何必要遮遮掩掩、鬼鬼祟祟？”

“你也不怕路人指点？”

“我是去看风景的，又不是去看他们指点的。”

“小心娘知道了，又骂你轻狂。”

“她不是早当我死了吗？”善祥笑了一笑。

“毕竟是娘。”

“是夫人。”

“好啦好啦。你前几日不是说，要我给你绣对芝兰蝴蝶的鞋面吗，要什么颜色的？”

“芝兰青莲色，蝴蝶黄配黛，蝶翅要轻浅，有些蝉翼的意思。”

“哎，你这双大脚鞋，还要讲究那么多。”

“我还没笑你们那羊蹄子呢，你反而来笑我，真是举世皆浊我独清，众人皆醉我独醒。”

“看把你狂的。”

“大姐，我忽然想起一件有趣的事，你知道聚宝门那块活子午石吗？真是一块怪石头……”

“我听累了，刺绣分不得心。”

“你天天在家，外面多少有趣的风景都不知道，我说给你听还不领情。”

“知道又如何。你不知道那么多，心就不会乱，徒增许多烦恼，你不去那么多地方，心就不会野，心野了，就收不回来了。”

“罢了，我也不想跟你说。”善祥拉下脸，径自走了。

留下鸾祥一人，仍静静地在窗前绣花，日头无声无息地走过，不觉又偏西了。她似乎累了，站起来在暖炉上暖暖双手，慢慢地走出房，穿过长廊，悄悄地站在家门口，门虚掩着，听到吴妈在外面和小贩说话的声音。她站了一会儿，又悄悄地踅了回去。

江宁上元节的夜晚，是灯火琉璃的世界。

远远望去，秦淮河荧荧闪闪，仿佛漫天的星斗纷纷坠落，浮沉水上。载灯的楼船一艘连着一艘，密得看不见水流，船上的灯一例用透明玻璃条子围照，光芒晶莹剔透。报恩寺的五色琉璃塔也亮了，一百四十四盏大篝灯光彩煌煌，照彻几十里山峦庭园。高高的城墙投下深黑的影，不多久，又被杂沓路过的明角灯擦亮了。

明角灯像光闪闪的鱼儿，灵巧地摆游在人群中，菀祥忙不迭地追在后面数：“三星、八仙、聚宝盆、皮球、西瓜，哇，那盏金鱼真好看！”善祥一手搀着鸾祥，兴致勃勃地走在后面，吴妈无心看灯，一双眼前后左右逡巡，看着小姐们，防着闲杂人。上元节这天，是闺中女儿长年里少有的公开出游日，城中的登徒子、好事者必会围观轻薄，夫人千般交代叮嘱，吴妈怎敢不严阵以待？

她们随着人流灯流，从评事街江西会馆走到堂子巷财帛司，一路光亮亮的，好不繁华热闹。众人各有所好，善祥爱那回马灯，萧何月下追韩信，一前一后团团转；鸾祥爱那绢制壁灯，影影绰绰几笔写意兰草，分外雅致精巧；吴妈终究舍不得不看，一路回头望那大彩帛灯，灯是上新河木商们集资造的，里面搭设纸扎戏台，伙计一动机关，各色人物便突然转头踢腿，直把吴妈吓了一跳。此刻菀祥最好奇的，却不是灯，而是财帛司神台上的供品，元宵、方糕、馒头各盛在纸盘里，明明是真的，却又有些不对。她看看左右无人注意，便慢慢地蹭上前去，偷偷用手捏了一下，原来方糕和馒头是纸做的，元宵却是棉絮。

走了多时，最难的该是鸾祥，脚小苦行，步履难免艰辛，全赖善祥和吴妈轮次搀扶。她又最是好强，每次要她歇息片刻，都笑说不累，生怕耽搁了大家。大家只担心她顶不住，谁知最后走不动的却是菀祥。

菀祥这双脚，当年不过粗缠略缚而已，离标准的小脚还差好远。一是经过了善祥缠足绝食的事儿，娘在这上面多少有些灰心，二是菀祥素来娇宠些，受不了疼，况且爹爹在家，态度宽明，也就草草走个过场罢了。待年纪稍长，她又羡慕人家金莲缠得美丽，自己却还是舍不得吃苦，便想些偏门招数走快捷方式。葛天成堂的葛夫人素来喜欢菀祥，菀祥常去她家摆弄药材香草，翻阅各种秘方药书，自己再增增减减，调制些瘦金莲方，什么猴骨煎汤天天熏洗，什么白凤仙连根梗花叶加明矾煎汤频洗，什么芥麦秆烧灰用滚水淋取浓汁趁热洗脚，她统统要试一次，可惜效果平平。无奈何，又想在上元灯节摆俏，便硬是把两脚勒紧，强塞进小上许多的高底鞋，姑且装上片刻金莲。哪知道走起来疼痛不已，没多远已经磨出了血泡。

一行人找地方歇息，遂来到站台喝茶。今晚人多，好不容易寻了个僻静处落座。钟山在灯火之外，只略有些暗影，秦淮河已是一片银火溢彩。店家端上香茗，每只茶碗另加青果，这家店最出名的是梅子煮豆，拌上木樨与糖，分外酸甜可口。梅豆染了些红曲色，善祥和菀祥两个顽皮，含豆在口，争相吐舌看谁的更红。鸾祥在一边静静看灯，风尚有些冬月的轻寒，吹在脸上却丝丝清爽。

忽然，几个提灯的童子在岸上杂沓跑过，个个伸头张望，有人站起欢呼，龙灯来了！只见两队长长的龙灯迤逦而来，灯火熊熊烈烈，一眼望不到尾巴，中间更有踩高跷的、舞狮子的，衣着斑斓，欢天喜地。不多时那龙灯舞起来，上下翻滚，左右腾挪，忽快忽慢，似是戏珠，似是倒海，似是出洞，似是过桥，直把人看得眼花缭乱，张大了口忘了拍手叫好。便是叫好也听不见，临街人家一路开门燃放爆竹，噼里啪啦，这方未停，那方又鸣。爆竹声更多，舞龙灯的兴致更高，疯起来，回旋院庭，盘梁绕柱，间杂敲铜锣的、打皮鼓的、齐声喊号子的，真是热闹繁盛至极。

终于，女子们行桥的时刻到了。

从第一座桥起，至第七座桥止，不重行，不回头。一年到头藏在重重深闺的女子，只有今晚可以踏踏实实地在人前亮相，只有今晚可以肆意展示自己最美的风华。不约而同地，今晚上桥的女子们，无论大家闺秀还是小家碧玉，都暗暗怀着较量的心，极尽所能调朱弄粉，炫服盛妆。傅家女孩也不例外，鸾祥端庄优雅，善祥顾盼生辉，菀祥楚楚动人，三姐妹相携相扶走上桥来，在脂粉群里尤其出挑，身前身后即有挑灯者评点赞叹，各色好话听在耳里，再淡泊的心也跃跃地起了些虚荣。

走到第三桥处，鸾祥忽然低下头去，施施然地拎高外裙，一双精致细巧的金莲毕露灯下。今晚她穿的莲鞋妹妹们从没见过，赤红闪缎锁金边，绣着凤穿牡丹图，那凤凰五色翅羽，从鞋头一直散开至鞋帮，丝丝栉比，金碧绚烂，在这皎皎的灯下仿佛随时要飞下来，不用说旁人看得呆了，就连善祥和菀祥也心服口服。

所有的目光都聚过来，灯也似乎更多更亮，周围尽是啧啧称赞声，什么“好小脚，真真新月一钩”，什么“寒梅瘦影，落地无声”，什么“尖尖春笋，小小玉莲”，又有人低声打听谁家女儿、家在何处、芳龄几何、可曾婚配之类。桥上那些被抢了风头的女子，艳羡的也有，侧目的也有，自惭形秽的也有。菀祥也故意放慢步子，拉开距离，让鸾祥先行，善祥不耐聒噪，便大步流星，直接避到前方去。这一快走即刻有人在旁边议论：“可惜了，看那莲船盈尺，可惜是半截观音。”

夜深了，人渐散去，灯火渐次阑珊，这才让人分出神来看月。月色似乎也有些疲怠，它争不过灯，便只做个观灯客。

上元灯节归来那晚，三姐妹各怀心事，都不怎么说话，吴妈只道她们乏了，大家也就顺势说好累。

鸾祥回到房里，在镜子前慢慢地摘下头上的绢花、玉簪，脸上仍有些微烫，今晚桥上那幕仿佛梦中的情景，她惊异自己的大胆，又开始愧悔不知收敛。外面的天地果然是危险的，让人头脑发热、不知所以，她现在只想深深地藏起来，藏起来。

善祥难免有气，气的是那些长舌头的人，我的脚是走路的，又不是给你们看的，你们爱看那“没脚蟹”尽管看去。夜里挑灯练字，不觉间竟写了首打油诗：“真小脚，要爱俏，吊起那罗裙格外高，便是无人来称道，自己也要低头看几遭。”写罢哈哈大笑，自嘲好酸好酸，笑罢释然，揉成一团丢掉，自去一觉睡到天亮。

菀祥的房里也亮着灯，她翻箱倒柜把所有的单方秘方全找出来，一字一字地研读。今晚的刺激太大了，使她痛下决心非要配出个独门灵药不可。这剂药，要速速见效，要不太疼痛折磨，形状不输于大姐的金莲。埋首大半夜，终于发现一味关键的配料，她两眼放光，看看窗外尚黑，恨不得马上就去寻来。

上元灯节刚过，为鸾祥说媒的人就踏破了门槛。

吴妈递茶手都酸了，厨房里一天要多烧几锅水。有时凑巧两三个媒人一起到，各人都想抢先说，还要掷骰子来决定次序。

千挑万选，好不容易，娘挑中了西城陶园巷的戴家。戴家是金陵世族，祖上中过进士，却淡于荣利，后代皆隐居奉亲，家风甚是良厚。戴家三公子戴孝常，字东田，今年二十岁，少有文名，前年刚刚中了乡试。只这一点，已经足够让娘满意了，她赞了不知多少回："还是后生可畏啊，人家十八岁就中了举——"下句没说完，任是谁都会联想到爹爹，爹爹快四十了，还是一名生员。

爹爹近来心情有些低落。

二月五日是文昌神诞，士林俗例，学者文人在这天雅集一番，饮酒赏花，敲诗射覆。爹爹近年疏懒，已经缺席了几次，今年强被好友孙孝廉拉去，到了地方却被安排在末座。其实坐在哪里都不打紧，也就是凑个兴，看看热闹，是孙孝廉替他不平，责怪书生们不知礼。谁知有个姓涂的秀才实在轻薄，他说："此非主人不知礼也。主人见傅先生乡试之时，屡屡逊让太过，每一次发榜，皆不肯居小子等之上，以为傅先生凡事喜欢在末，不知道在座位上却不遵此例哟。"说罢几个人哈哈大笑，气得孙孝廉差点儿动手，反倒要爹爹好言劝他。

那晚爹爹喝了很多酒，整晚都没回家，天快亮的时候，才由街卒扶着送回来。街卒说爹爹昨晚睡在文德桥上，今早去看还以为他冻死了，哪知正呼呼大睡。爹爹有些赧然："昨晚喝多了，回来见文德桥上灯光水流，影绰可爱，本来只想坐下赏玩一阵，不料竟酣眠至此。"

这事传出去，爹爹不羁的声名更甚，他也愈加洒脱随性，不事绳检，常于夕阳西下之时，携一壶好酒、一根横笛，雇一只漆板小船，随波逐流漫游。船家善解人意，避开楼船的喧闹、歌船的扰攘，一直摇出复成桥北，眼看着天水空阔，江清月近，找了棵高高的柳树下泊了船，说要上岸烹茶，其实也是找块清净的地方躺着，不唤开船他便能睡到东方既白。

善祥听爹爹讲了几次，心里很是向往，执意要跟去游玩。这晚父女二人唤了船来，带上棋盘横笛，一屉四色小菜并一坛子竹叶青。这漆板小船是秦淮河上最古朴便捷的船只，前篷后舱的布局，乌篷精致，略略缀些绢制的帷幔，篷下设数张藤椅，一张茶几。帷幔落下的时候，刚好吹来晚风，纷纷飘起的幔边儿擦在脸上微微地痒。船上悬着羊角灯，河上的小虫扑光而来，争相落在衣上手上，船家嫌烦，找了两扎青葱悬在灯旁，小虫便专心啮葱，不再扰人。

小舟悠悠行在水上，圆月初升，暗暗的旧铜黄色，爹爹吹了一曲《春江花月夜》，舒徐曼扬无比。船夫笑着说他听得手脚乏力，摇不动桨了，善祥便抢过笛子，一气吹了个《紫竹调》，笛声俏皮灵越，小舟也轻盈快捷起来。

忽然横里驶过一船，船首有人拍掌喊话："傅先生的笛子真是天籁之音，不同凡响啊！"

船上是两三个书生，想是和爹爹相熟，便邀请过来一同喝酒，善祥常陪爹爹会友，并不刻意规避，举止也落落大方，没有闺中女儿常见的忸怩之态。一一见过来人，中有一个涂秀才，神态轻狂自大，善祥看他很是不顺。

那涂秀才一来就向爹爹赔罪："傅先生，文昌会上晚生信口雌黄，多有得罪，君子不计小人过，还望先生海涵才是。"

爹爹淡淡笑道："你不提我都忘了，其实你所言在理，不算得罪。"

涂秀才惺惺道："傅先生果然是前辈，气度不凡呀，晚生佩服，佩服。先生博学多才，今岁秋闱定能名列榜首，晚生谨愿追随在后。"

"我早就立誓不再应举，只不过天地一个散人罢了，不敢有劳大驾。"

"万万不可啊，傅先生，男儿生于天地间，科举功名乃第一要事……"涂秀才话没说完，突然被一个脆生生的声音打断。

"那可未必。"说话的正是善祥，她神态从容地筛着酒，"各位可曾见过耕牛？《资治通鉴》道，'牛性迟重，善持辕轭，虽无骥足，动负百石'。口嚼枯刍犹美食，顶横辕轭若韶年，为人驱驰而无怨无尤，是故牛甘愿负轭，是故轭与牛背两相宜也。"

涂秀才不以为然："那又如何？"

"各位亦曾见过忠犬，《阅微草堂笔记》云，'犬之为物，不烦驱策，而警夜不失职，宁忍寒饿，而恋主不他往'。视残羹为佳肴，束枷箍当擢赏，招之则摇尾而来，呼之则垂头而退，是故犬乐于戴枷，是故枷与狗头恰恰好也。"

涂秀才哂笑道："如此良辰美景，傅小姐说牛论狗，岂不是煞了风景？”

“说得是，如此良辰美景，鹤栖止于水，翱翔于云，怎会羡慕耕牛之轭？虎跃啸于山，奔腾于林，怎会贪恋忠犬之枷？科举功名，八股制义，束身缚心，摧眉折腰，无异乎牛轭犬枷，到末了，精疲力竭耕牛市皮，狡兔既死走狗该烹。”善祥扬起眉毛，一副得意又调皮的神色，“哪里比得上我爹爹，闲云野鹤自在，归山老虎逍遥。”

众人拊掌赞叹，爹爹更是笑得开怀，唯有那涂秀才强辩道：“傅小姐长在深闺，何曾知道功名的滋味，这番揣度也是难怪。”

善祥快嘴应道：“不知腐鼠成滋味，猜意鹓雏竟未休。先生好的那口，本小姐真的没兴趣。”

涂秀才脸色羞恼，一时语塞，旁边有个姓赵的秀才忙打圆场，插科打诨起来：“说起这科场诸事，我倒想起个怪谈。话说乙酉科有一‘坚’字号考生，考场之中突然神色大变，手不能握笔，说有一披发鬼击打后背，要带他去城隍听审，文章才写到承题，就被人扶着出去了。你说这城隍索人，偏不能晚上一步？”

一个姓蔡的秀才叹道：“这个算什么，庚申科宜兴解元崔煊，三场大病，榜未发已身卒，天妒英才，造物无常啊。”

大家便唏嘘了一番。

爹爹也道：“乙酉科还有一个考生，卷子上写了数行赵钱孙李，最后又写道，哪有许多赵钱孙李，还有一百二十个赵钱孙李。如是贴出，也算奇观了。”

众人大笑。

这时涂秀才洋洋道："我来说个最有趣的，庚午科头场，有一妇人穿了男子衣冠闯入闱中，被号官查出来问讯，哪知这妇人素有疯病，家人看管不严所致。恰恰那科首题为'才难，不其然乎'四句，下文有'妇人焉'，正好与此事相应，真是怪哉啊！"说完偷眼瞄善祥一眼，故意哈哈大笑，似乎解了气。

"才难，不其然乎？唐虞之际，于斯为盛，有妇人焉，九人而已。"善祥悠悠道，"涂先生，你说孔夫子奇不奇怪，既说人才难得，那十个人才中有一妇人，为何便只能算是九人？"

涂秀才笑道："女子无才方是德啊。"

善祥反问："先生可知这话出自何人之口？"

"呃……"

"我来告诉你，说女子无才便是德的人，是明嘉靖松江的陈继儒。"

"继儒先生高明。"

"尔曹身与名俱灭，不废江河万古流。陈继儒已朽，他说的话也该跟着烂掉。若涂先生仍恋朽烂之物，何不蓄长额发，着前朝峨冠？何不更换衣裳，穿前朝大袖？"

"荒谬！读圣贤书正是读其不朽，难道读书人读孔孟圣贤，还要穿彼时衣冠？"

"谁说圣贤之言就无朽烂之物？什么'有妇人焉，九人而已'，难道妇人非人乎？若非人，则禽兽也，则虫鱼也。然所有秀才之母皆为妇人。若妇人非人，若妇人为禽兽虫鱼，所诞之秀才不也一半为禽兽虫鱼乎？敢问涂秀才之一半，为禽为兽亦是为虫为鱼？”

众人不禁绝倒。

涂秀才愤愤转向，冷笑道：“傅先生真是教女有方啊，诡辩滔滔，有违妇德，牝鸡司晨，恐不祥也。”

爹爹笑道：“小女名为善祥，德与才兼备方为善，德达才，才以成德，有何不祥？谓人有男女则可，谓才有男女岂不可笑？更何况自古才女不可胜数，仅诗三百就多出于女子之手，女子有才，有何不可？”

“再有才，再有才也是女子，子曰，唯女子与小人难养也。”涂秀才脸色难看。

善祥伶牙俐齿还道：“难养之说，想必是珍贵稀罕之故，小女子与涂先生也算是不寻常之物，是故难养也。”

“我又不是女子，说什么难养？”

“你当然不是女子，你是小人啊。”

“你、你竟敢辱骂斯文！”

“是你自己和我爹爹说的，君子不计小人过。”

“好男不和女斗！我好男不和女斗！”涂秀才气急败坏，直唤船家靠岸，不顾众人解劝，跳下船拂袖而去。

夜阑人静，父女二人乘月归家，说起今晚舌战涂秀才，善祥意犹未尽，连呼痛快。

傅一槐爱怜地看看女儿："善祥，可惜你是个女儿。"

善祥不悦："爹爹，连你都说这种讨厌话，男女同为天地精华灵秀，只因投入皮囊各异，就有了种种尊卑贤愚吗？就像这竹叶青，一份装进陶瓷坛子，一份装进木头葫芦，难道酒性就有了高低贵贱吗？"

傅一槐叹了口气："爹爹叹息的是，可惜龙泉剑，流落在丰城。"

善祥敏捷地应道："女儿倒是觉得，草木有本心，何求美人折？"

父女两人相视一笑。

五、张家真的送来一封退亲书

看得出，鸾祥有些当真了。

她脸色微微发白，眼睛睁得很大，黑而长的睫毛眨也不眨，抿着唇，极力做出镇定的样子。

两个妹妹忍住笑，暗中交换了个眼色，继续胡说八道。

菀祥道：“我又拨开帘子，想看得真切些，哎呀，真是个麻子脸。”

善祥叹气：“面皮是黑得那个咕隆咚。”

菀祥皱眉：“眼睛小得像条缝，耳朵倒是蛮招风。”

善祥继续：“肚皮圆得像个大冬瓜。”

菀祥掩面做沉痛状：“那戴公子起来走了两步，谁知竟是个跛脚姑爷，身上那个臭啊，比钟胖子臭豆腐还臭！哎，大姐，要不你去求求娘，还是把聘礼退了吧，可别一朵鲜花插在牛粪上哟！”

鸾祥定了定神，深吸了口气：“父母之命、媒妁之言，怎么能随随便便就反悔了？”

善祥忍不住说：“这个人你从没见过，也一无所知，更无从喜欢或者讨厌，仅仅凭人家几句话，就一心一意地跟他？”

鸾祥看她一眼：“命中注定配给我的姻缘，那也只好认了。”

菀祥叫道：“那么丑你都不嫌弃啊！”

鸾祥道：“有什么嫌弃不嫌弃的，以貌取人本来就有失偏颇。”

菀祥嚷起来：“可他不是一般丑呀，眯缝眼，招风耳，黑咕隆咚冬瓜肚皮，臭豆腐那么臭，还是个跛子，还是个大麻子！”

“谁是大麻子啊？吵吵嚷嚷说什么呢，一听就是你。”这时吴妈笑眯眯地走进房来，手指点一点菀祥的额，转身对鸾祥说，“大小姐，方才戴家送日子来，夫人把小姐的衣裙尺寸开在红单上给他们带回去了，小姐也该动手准备些新姑爷的冠带鞋袜，等纳征的时候，也好回盘给人家。”

鸾祥轻轻应好。

吴妈面带喜色，神秘地压低声音：“大小姐，这次戴公子也一道来了，你可想知道新姑爷怎样一副头面？”

鸾祥笑笑：“菀祥都跟我说了。”

“我就猜她一定偷看了……回来，正说着话，你们两个要去哪里？”吴妈看见善祥和菀祥正要溜走。

“夫人老爷看了，都笑得合不拢嘴呢，我也替你喜欢得紧，新姑爷真真是一表人才、相貌堂堂啊！”

“是吗？可是刚才菀祥明明说……”

“逗你玩儿的，傻姐姐！嘻嘻，我把新姑爷说得越丑怪，你掀盖头那天看到是个俊姑爷，就越多惊喜不是吗？”菀祥急忙辩道。

善祥笑道：“确是菀祥促狭来着，要我跟她一起编排新姐夫，我顶多编个又黑又胖，她又说招风耳，又说麻子脸什么的，可把大姐吓坏了。”

鸾祥扑哧一笑，又嗔又喜。

吴妈佯装生气对菀祥道：“还不赶快打嘴，你也不怕没应人家应自己，没准儿将来你自己嫁个大麻子。”

菀祥嘴犟：“呸！”

吴妈半真半假吓唬她：“你别不信，举头三尺有神灵，马道街的于员外不是有个姨太太，有次笑话人家的小孩兔儿唇，哪知她自己也生了一个兔儿唇。”

“呸！”

“你还敢呸，还不快快打嘴，再迟些神灵就记住你了。”

大家都笑，菀祥却有些不乐意了，虽然也是一句玩笑，但她从小对吴妈的话都有些信的，这次也是，自己越想越担心，越想越觉得不是没有可能，便独个躲在花园里悄悄打嘴。本想轻轻拍拍脸就算了，又怕神灵嫌她心不诚，便硬着心肠拍响了些，自言自语：“打你个乱说话，打完了话就不算数。”

忽地吴妈唤她，原来是吴六来了。上个月菀祥央他托人去云南买一味“威灵仙”的草药，他果然践诺买回来了。

改名吴长松的吴六已经长成高大俊朗的少年，百源缎庄的老掌柜现在凡事都赖他打理。这些年事务的历练，再加上他有智有谋，为人侠义，直把百源缎庄的生意做到大江南北，连洋人都指名要买他家的绸缎。吴长松还因此学了些洋话，菀祥常常要他说来听，边听边抿着嘴笑，说洋话叽叽呱呱像是鸭子叫。

菀祥跑出来，笑靥如花，两颊绯红，看得吴长松心里一动。这些年年岁渐长，心思也有了变化，三姐妹中想来想去还是最爱菀祥。他本多情，乍一见她这副神色，还以为是见了自己娇羞脸红，不禁心头暗喜，哪里想到是菀祥自己拍红了脸。

菀祥抓起药包，轻轻一闻：“原来威灵仙是这个味道，倒是像极了茉莉香片。”

长松柔情道：“总是找些奇奇怪怪的草啊药啊，这又是要做什么？”

“先不告诉你，等我做成了药散，给你拿去卖，那就要发大财啦。”

“哦？到底是什么，你多少透露些？”

“天机不可泄露。”

“好吧，我就等你发大财了。”

“等等，你荷包里是不是有甘松，我闻着好像。”

“的确是有，早些日子牙痛，找了些甘松泡水含漱，就一直放在荷包里。”

“那多脏啊，荷包里什么都放，又是印章又是铜钱的，你就没有一只香囊吗？”

“我们粗男子哪有那种东西。”

“哎，我有一百多只香囊呢，你竟然一只都没有。罢了，我送给你一只最丑的，我最丑的那只香囊也比别人的美上一千倍。”

“实在有劳妹妹。”

“你等着，我拿去。”

不多时菀祥拿着一只青莲色的刺绣香囊回来，长松接过来，心里真是乐开了花。不过这只香囊确实有点儿丑，他见过别人的香囊都绣着些双蒂并莲、鸳鸯戏水、娃娃抱鱼，菀祥这个绣的却是猴子上竿，且这猴子爬得又高，还露出一块红艳艳的屁股。

“怎么样，独一无二吧，外面绝对找不到同样的花式，是我亲手描样绣成的，叫作孙悟空手拿金箍棒！”

“果然是像。”

“我给你多放了好些香料、干花，这回你可是步步生香了。来，帮你带上吧。”

“多谢妹妹。”

吴长松芬芳扑鼻地走过前厅，见到夫人问了个好，夫人皱了皱鼻子。他昂首阔步地走，心里喜气洋洋的，根本不知道自己有多香，暮春的粉蝶跟着他上下翻飞，一两只蜜蜂从耳边嗡嗡而过，他用袖子温柔地拂了拂。走回百源缎庄，账房的老先生打了几个喷嚏，涕泪涟涟地问："老六，你掉进脂粉堆里了吗？香得熏鼻子啊。"

长松甩甩辫子："我今天配了香囊，人家送的。"

傅家外厅的花香未散，夫人对着吴妈淡淡道："老六这孩子，可真是眼瞅着成了大人。"

"可不是呢，和大小姐同一年的，今年都十七了。"

"阿福叔可曾给他说了亲事？"

"应该没有，他们乡下人能认识谁呢，老六心倒是挺高的。"

"女家身世清白，安分守本就好，其他的也不必太挑。"

"那也是，挑个什么呢，也得掂掂自己的斤两。"

"我也帮他留意着，男儿立业为重，这事不急。"

"夫人肯关照就好。"

"孩子们毕竟大了，虽然从小一块玩的，自家兄弟姐妹一般，却也不要太随便了才是，免得人家说闲话。"

"那是，那是，我下次交代老六。"吴妈赶紧答应着，夫人含笑点点头。

有了关键的配料威灵仙，菀祥的独门金莲速成灵药也就差不多了，她就像个炼丹的术士，整日里关紧房门，桌上、凳上、柜上一列列的瓶瓶罐罐，又是煅又是炼，又是灸又是熔，不知折腾了多久，她自己说是七七四十九天，终于制成一包淡黑色晶状粉末，气味涩中带清香，有点儿花茶的味道。自己用玻璃瓶子装了，起名为“妙莲散”，这才兴冲冲地来找善祥。

“二姐！”

“今天的字写了吗？”

“写了写了。”

“拿来我看。”

“小妹早有准备。”

“这一大张白纸，请问字在哪里？”

“今天本小姐写的是聪明字，你火上烤一烤再看啊。”

“又淘气，浪费多少葱白汁，当心吴妈又来说你。”

“不管她。二姐，我要送你一种灵丹妙药。”

“又弄些什么玩意？”

“想不想莲步轻摇？想不想妙笋尖尖？要不要人人争睹？要不要风头无两？”

“卖的好大关子哟。”

“不必摧肝断肠，不必眼泪成缸，只要一剂妙莲散，温水冲泡，如平日喝茶，每天一杯，连服七天，二小姐这双大脚就能日缩盈寸，直至三寸，药停即止。”

“真有这么神奇？”

“当然啦，我找了多少古方秘方，花了多少心血调制的。”

“果真这么灵验？”

“骗你干什么，我现在马上冲给你喝，立竿见影，马上瘦脚！”

“等等，让我看看你的脚。”

“干吗？”

“既然这么灵，你这双金莲一定成了。”

“我……我哪里舍得独享，这么珍贵的灵药，当然是让二姐先用，你又是和张家公子定了亲的，说不定什么时候就要过门，当然你更急些。”

“呸，你明明是怕死不敢先尝，假装好心找我来试！没心肝的东西，你也不怕吃死我。”

“吃不死的，吃不死的，我给花园里的鸭子试过，真真眼见着脚掌缩小，就是那鸭子嘎嘎疯叫个不休，也不知疼还是不疼。”

“死丫头，你还敢说，看我不撕你的嘴！”

菀祥见善祥动怒，慌忙丢下玻璃瓶，抱着头嘻嘻哈哈地逃了。善祥又好气又好笑，随手就把瓶子丢进箱子里。

鸾祥出嫁的那天，是道光二十六年（1846）腊月十八。

早上起来天有些阴，善祥探手出去，寒风丝丝刺骨，忙缩了回来。家里人人都在忙，喜气洋洋又有些不知所措地忙，吴妈跑来跑去，一会儿端水，一会儿拿手巾，一会儿送碗红小豆百合汤圆，便是什么也不用拿了，还是跑来跑去，好像慌得定不下来。

鸾祥房里有很多人，给她上头的全福太太早上就从男家乘轿过来了，据说这位太太父母全，子嗣多，福气大，旺夫宜家，八字也和新娘相合，是鸾祥婆婆提着灯笼找回来的。娘坐在一旁，笑眯眯地和全福太太说话，适时递上梳子或者簪花。鸾祥一身红如云霞的嫁衣，半低着头，脸色鲜润娇艳，两手无事，把一根流苏绞来缠去。菀祥写了封聪明信给鸾祥，嘱她洞房夜在烛上烤一烤再看，要背着新姐夫看，是秘密。交代完毕，她也不走，东看看，西瞅瞅，把首饰妆奁摸玩一遍，也不怕讨人嫌，一会儿又死乞白赖地黏在鸾祥身上闻，叫着好香好香，最后见桌上有碗吃了一半的汤圆尚暖，便兀自捧起来吃。

善祥进来转了转，默默站在边上听了一会儿，菀祥突然想起什么着急要说，偷偷拉她到一边，嘴里的汤圆还没咽下："二姐，鸭子脚变回来了！"

"什么啊？"

"九九八十一天就能变回来。"

"哎，听不懂。"

"鸭子吃了我的妙莲散啊，原来吃一回，九九八十一天自然会变回原形。这下好了，你只要上轿那天吃了变小脚，到时候慢慢变回来就是。"

"好啦好啦。"善祥无心细听，推开菀祥。她想和鸾祥说两句话，看来这种情形下是没法说了。其实她也不知道自己想说什么，心绪如麻般地乱和慌，奇怪，明明是姐姐出嫁，自己慌个什么劲儿呢？

约莫午前时分，外面车马喧天、人声扰攘，吴妈跑进来说轿子来了。新郎下了马，带着迎亲的一行人，满面春风地进门，爹爹和娘忙着张罗设座开筵。善祥再折回鸾祥房里，只见全福太太已经把大红绸盖在鸾祥头上了。

忽然间，善祥的鼻子就酸了。

大红盖头这一盖上，便只有新郎才能掀开，新郎掀开的时候，不会是在此处闺房，不会是在她们家。等一会儿，姐姐就披着这盖头走出门，走上轿子，走到另外一个地方去。另外一个地方，离这里很远，姐姐从此就是戴氏戴少奶奶，从此就是别人家的了。

她懊悔刚才跑出去看热闹，没在盖上红绸之前再好好看看姐姐，好好说上一句话，从此以后，还能这么容易见到姐姐吗？还能在任何时间随随便便推开这门，那样喁喁私语、耳鬓厮磨吗？

她仍是没能说什么话，全福太太一桩桩叮嘱鸾祥上轿下轿的礼数，如何跨鞍桥、如何踩红毡、如何脚踏米袋、如何鞋不履地，乃至拜堂、坐帐、洞房、合卺，真是种种细琐用心，又要鸾祥重复一遍，不能大意闪失。

吉时到，新娘出门。循礼爹爹送出家门，训诫一句，娘送到西阶，整整冠帔，教导一声，无非是听从公婆之命、谨守闺门之礼一类。新娘行至中门，善祥终于有机会和姑婶、舅母等内眷上前，七言八语中，只来得及拉拉鸾祥的手，叫一声“大姐——”鸾祥的手有点儿凉，真想给她握暖些。

爆竹声噼里啪啦地响起来，她就要上轿了，那么慢，然而那么慢也就要上去了，轿帘子似乎下一秒便会打下来。善祥又叫了一声大姐，爆竹声那么响，她不会听到，然而鸾祥忽地回过头来。盖着红绸布，什么也看不到的，全福太太推她进轿子，她什么也看不到，还是又回了一次头。

善祥低着头，不让人看见自己哭，悄悄退出人群，不知不觉还是向姐姐房里去了，急着看见关于她的东西，好像这样心里就没那么难过。哪知推门进去，正看见娘坐在鸾祥床边垂泪，不提防两人都吓了一跳，难免有些尴尬。没见过这样黯然无措的娘，习惯了她的端庄威严，习惯了她的寡淡清冷，这样流着泪的娘显得老弱憔悴，让人不忍多看，也不知如何应对，索性掉头就走。

还是有些淡淡的酸，娘为大姐出嫁流泪，内心自然是极疼爱鸾祥的。也难怪，鸾祥样样听话，样样合她的意，不像自己，处处对抗娘，让她看不顺眼。那么将来自己出嫁那天，她也会哭吗？她会不会有一丝丝舍不得呢？哼，肯定不会，她巴不得这个忤逆女早点儿走呢，她是夫人，不是娘。

可究竟还是不忍，她流泪的样子，抽泣的时候肩头抖了一下，那是很可怜的一个动作，让人老记着。善祥想自己是不是该回去跟她说句什么，斗着胆子去抱一抱她的肩头，甚至只是轻轻地碰一下，那样她会不会不那么伤心?

可是娘已经昂然走出房来了，面色如常笃定，没有泪痕，让人怀疑刚才那幕不是真的。她走过善祥身边，金镯子细细地响，和平常一样，装没看见她，也不说话。

那段时间娘总是忘记鸾祥已经出嫁了。吃饭的时候，总多摆了碗筷，商量什么事情，总教吴妈去问问鸾祥，大年初一轮流饮屠苏酒，一家人向东，自幼至长站一排，她问了几遍“鸾祥怎么还不来”。直到正月十五，给新嫁的女儿送灯节盒，欢喜团、寸金糖、福寿酥、油炸元宵，尽拣些顶级好的装点齐备，才合上盒盖，叹口气：“女儿是人家的了。”

真真切切，善祥也觉得，鸾祥是人家的了。戴家住得远，仕宦人家规矩多，一年里鸾祥只能回来几次，多是应节，且来去匆匆，当日必返。每次回来，说不了几句闺中体己，姐夫黏得紧，一盏茶工夫不见她，便笑眯眯地唤着“娘子，娘子”寻过来。人人都说新姐夫一表人才，善祥反而觉得他文弱了些。读书人多少该养些浩然之气，他却最爱缠绵闺阁，并美其名曰“绿窗韵事”。鸾祥甜甜笑着说他玩心不改，喜欢藏起来，让她门后、窗外、橱柜里找他，又生怕她找不到，便突然呱呱呱地学青蛙叫起来，让人哭笑不得。鸾祥刺绣，他要穿针，又亲自摹上花鸟图样，亲自挑选五彩丝线，亲自看着鸾祥一针一针绣来，还给爱妻起了个“黄绢才人”的名号。戴老夫人家教颇严，一心寄望三公子专心攻书，过两年进京参加春闱会试，见儿子痴迷媳妇，疏于功课，不免生出些嫌怨之心，便着力发付些缝补机织、做衣纳鞋的活计给她，又定下多少时日完成。鸾祥紧赶慢赶，常常忙到深夜，便是回娘家这点儿空隙，也带双鞋底紧缝几针，让人暗暗心疼。

转眼又是年底，寒衣催刀尺的时节，鸾祥更是忙得不可开交，娘派人去请了几次，戴老夫人都说家里正缺人手，走不开。娘叹气：“上上下下几十口，一人一件单衣都要累死鸾祥啊，更别说夹袄、棉袍、高底鞋，又不是请不起人。”吴妈听了也愁，有时看着善祥忧心忡忡起来：“老爷给你定的那门张家也是官宦人家，要是将来也遇上这么个婆婆，你这笨手大脚的该怎么办？”

这是善祥最烦的话题，一是父母之命、媒妁之言的姻缘她打心眼儿里不相信、不愿意。素未谋面的男女一通锣鼓、一乘花轿就成了夫妻，喜不喜欢都得打落牙齿和血吞，可是忍气吞声有何生趣？与其朝朝暮暮对着个面目可憎的人，还不如一个人干净爽快。二是自己这双大脚历来都是瞒着张家的，爹爹当然是为了她好，盘算着稀里糊涂上了轿子蒙混过关，他张家顾及颜面也不好说些什么。只是她傅善祥历来率性磊落，这样藏着掖着就像如鲠在喉，脚大罪不至死，也非盗非奸，何必自己先短了一截气势，要仰人鼻息一般？

于是她没好气地答吴妈：“那就干脆把亲事退了，我还不想嫁给他呢。”

应了她这句话，没多久，张家真的送来一封退亲书。

原来张家家眷素来随张介福知县在湖南保靖任上。张家公子张继庚今年已满十八，考取了生员，此次重返江宁，一是奉母回乡，把旧居所整饬拾掇一番；二是希望遍延名师，在学业上能有所进益；三是张老爷不忘傅家的这门亲事，特意交代继庚备下礼物书信，安顿下来便择日登临傅家商议亲事。

张继庚回乡数日，天天都有父亲的同僚旧识上门拜访，也有送礼的，也有送名帖的，也有设宴洗尘的，盛情难却，继庚也就走了几个场子，见识了一些人。却说这日父亲的几个门生在秦淮画舫宴请，丝竹竞作、莺歌燕舞、花香氤氲，再加上酒肉蒸腾，大家聊得欢畅，便无话不谈。有人问继庚可曾婚配，他便把傅家的亲事说了出来。也是凑巧，偏那涂秀才也在座中，他本是心胸狭隘之人，对曾遭善祥奚落的事情一直耿耿于怀，便借此时机把傅家二小姐贬斥得百般不堪，什么大脚如船、性悍如狮、貌丑鄙俗、恶名狼藉，直把张继庚听得脸色发白，浑身如在冷水里。这晚回来，辗转反侧，等不及寄信禀报父亲，自己先动手写了退亲书，天一亮就交人送去傅府，简直是一刻钟也等不及。

六、我便再去一千零一次

冬至那天，纷纷扬扬下了场雪。

张继庚早上起来，雪还下着，只觉得寒气逼人，忙唤家仆升起熊熊炉火，应节俗先祀天地接冬，再拜了列祖列宗，磕头起来，隐约听得街上几声爆竹零碎响过，似有些过节的景象。午饭必有鲢鱼豆腐煎断葱，也是循旧例，取个从容富余的意头。正吃着，有人叩门送来张帖子，请他赴消寒会雅集。继庚听父亲说过，金陵文人喜欢在冬节相约宴饮，自头九以至九九，各主东道一次，名曰消寒会。他心想天冷无事，再看雪也停了，不如就去凑个热闹，遂放下碗筷，戴了帽子，跟着去了。

快雪初晴，街上尽是洁白晶莹一片，送信人走在前面，自踏出两行黑黑的印子。不一会儿，来到文德桥上，继庚问座上主家是哪位先生，送信人笑而不答，遥指桥下泊舟一只："公子进去便知道了。"

此时河上也已是白得苍茫，水已结成厚冰，远近几个童子，身着红绿色衣，赤着头在冰上嬉戏追逐，故意滑摔，笑闹不绝。泊船靠岸，静静封在冰里不动，乌篷上攒了一层白雪，好像千年万年。

打起厚毡帘，一股暖气扑来，舱内炉火深红，花香馥郁如春。竟是没有什么人，只看到个轻盈的背影，戴着淡青色暖帽，垂着条密厚的黑辫子，正伏在几上看着什么，听到响声，回头一笑，声音清脆："张公子大驾光临，有失远迎。"

这是位很年轻的公子，肌肤莹白，面貌极为俊秀脱俗，眼睛清透明亮，顾盼间慧动盈盈，微笑里却有种淡淡的傲气，这使他的招呼礼数显得疏远。继庚飞速地在脑子里搜索了一遍，确定这人他从没见过。

"恕小人冒昧，未知公子尊姓大名。"

"小生姓傅，家父是江宁候选儒学训导傅一槐，蒙公子前日退亲的傅善祥，正是舍妹。"

张继庚面露尴尬："这件事错全在我，多有得罪之处，还请傅兄海涵。"

"今日请张公子消寒，原不为兴师问罪。"傅公子笑道，"公子请坐，不必拘礼，做不成亲戚，也不妨多个朋友。"

张继庚这才坐下，见那傅公子拍拍手掌，即有船家送来一屉热菜暖酒，又卷起帘幕，露出半块透明玻璃窗，舱外皑皑白雪便成挂画。

喝了两巡，傅公子拿出一卷画来："消寒有酒，赏雪却不能无梅，小生今天特意带了一卷《寒梅图》，还请张公子指点。"

画卷徐徐打开，张继庚眼前一亮，不禁拍案叫好："画得好，画得真好，淡墨花开，满纸清气，诗也好，字也极好，只是这梅花朵朵，为什么只有一朵染了红瓣？"

"这梅花共有九九八十一朵，今日冬至染一朵，此后逐日染一朵，待八十一朵梅瓣嫣红，正是春深之日。"

"傅兄高雅多才，小弟心悦诚服。"

"哪里，这梅花图不过是舍妹随手涂鸦。"

"想不到……"

"你想不到，她也想不到，究竟过失何处，退亲书上也写得太客气了。今日咱们既有缘见面，我看公子也是个痛快人，有什么不妨直说，也好叫人心里明白。"

"傅兄知道，小弟常住湖南，久不知故乡事，这次回来见了些旧识新知，得知舍妹声名有伤妇德……"

"他们怎么说？"

"大脚如船，性悍如狮，貌丑鄙俗，恶名狼藉。"

"人如其文，你看这幅梅花图，可是鄙俗之人的手笔？"

"断断不是。"

"我与舍妹年龄相近，相貌最是肖似，可算得上貌丑？"

"当然不。"

“至于声名之事，你也知道众口铄金、积非成是、人言可畏之处，成事凭一句话，败事也凭一句话。在公子心里，言是重的，然公子重的是人言闲言流言，不是一诺千金之言；公子重的是围观者是非者好事者，不是有爱有恨有情有心的大活人。”

“我承认此事有轻率之嫌，至少也该亲证一番，不过傅兄能否以实相告……”

“你想知道什么？”

“令妹是否真的大脚如船？”

“是又如何？”

“还请傅兄恕罪，我家家风谨严，单此一项，恐招人笑话。”张继庚虽有些后悔，但仍固执说道。

只见那傅公子冷笑一声，并不答话，半晌才又笑道：“咱们光顾着说话，酒菜都冷了，不如喝杯热茶更好。”说完唤了船家提了热水，亲手沏茶奉来，张继庚忙双手接过喝了一口，这茶入口芬芳，有茉莉香沁，却又微微寒苦，他正口渴，便几口喝干。

又闲话了几句，继庚忽觉双脚发紧，好像绳索逼勒，又好像炭火烧炙，疼痛阵阵钻心，直想脱掉鞋袜浸入冰水里解痛。抬头望望傅公子，只见他正笑吟吟地看着。

“傅兄，这双脚痛得紧，不知何故？”

“我请你喝了妙莲散啊。”

“什么？”

“公子既然爱莲足，何不将自己双脚化莲，天天瞧个尽情？”

“傅兄莫要取笑。”

“本小姐今天就是来取笑你的。”傅公子脱下帽子，露出满顶如云秀发，正是善祥本人，“张继庚，你看不上我，我还看不上你呢！你喜欢小脚，我就送你一对小脚。可惜这对小脚是速成的，比不上八岁幼女初缠之斑斑血泪，不过多少你也尝尝滋味，不然总是站着说话不嫌腰疼。”

张继庚痛得一身大汗，无法应对，又惊惧无比，却不得不叹善祥之美，舍不得少看一眼。

傅善祥站起身来，把那卷《寒梅图》扔给张继庚：“你也不必寻医问药，这是独门秘方，我教你一个法子，每天涂一朵梅花，九九八十一天后，还你原来那双大脚。对不住了，关起门默默忍受便是。”

“傅兄——傅小姐留步……”张继庚忍痛叫道，他慌乱地发现，鞋头渐渐空瘪出一块，自己的脚正在缩小。

“留我做什么，难道还要我送你一对弓鞋？哼，三寸弓鞋自古无，观音大士赤双趺。不知缠足从何起，起自人间贱丈夫！”傅善祥系上雪白的斗篷，莞尔一笑，又是慧黠又是娇媚，只顾大步走出舱去。

张继庚不知是爱是恨，只能隔着窗子，徒然看着她扬长而去，飘飘然走在路上，轻巧地避过一对追逐的童子，白色斗篷翩飞若仙，很快和漫天冰雪融成一色。

张继庚费了好大的劲儿才挣扎到家，这一路磕磕绊绊、跌跌撞撞，实在苦不堪言。进了屋，独自默坐，一句话也不说，唬得他娘以为儿子中了邪，问了半天，就差哭了，才听得他悠悠吐出一句："我张继庚，此生非傅二小姐不娶。"

却说善祥出了一口恶气，积闷多日的心情这才有些开朗。张继庚的退亲信在家里掀起了轩然大波，退的明明是她自己的亲，现在好像要了全家的命。娘唉声叹气，称三代祖宗的颜面都丢尽了，唠叨些"早料到如此……"之类的话，又天天躺在床上装病。爹爹受到的打击好像更大，比他科场失意更萎靡不振，整日无精打采，邋邋遢遢，躲在书房里饭也不吃，人也不见，善祥只得想法尽力宽慰他。总之这年春节全家真是过得郁闷。

直到年后开春，爹爹才勉强应承去复成桥北看桃花。去得早，游人尚稀，父女二人在临河的茶室坐了，抬头满眼春花烂漫，善祥惊呼赞叹，爹爹却还是有些落落寡合。

"爹爹你看啊，那边竟然有一枝海棠，这么早就开花了！"

"犯了时令规矩，也是个不合时宜者。"

"爹爹也说这些道学话了。"

"不是道学，是道理。天圆地方就是规矩，万物囿于其中，守规矩就顺而昌，循常例便保平安，跟着走才会没事。"

“我不赞同这个，规矩也有好坏，何以坏规矩也要违心去守？鞋履也有大小，难道要削足去迁就它的尺寸？”

“年少轻狂，意气也盛，只是不堪磨。”爹爹叹口气，“有一天你会觉得四顾茫然，所有的脱俗、破例或者逆流而上，到最后，都会觉得孤独与惶惑，仿佛被弃置荒野。”

“爹爹，你怎么了？”

“张家这次退亲，让我反省对你的教养，也许是爹爹害了你。”

“还是为这事啊。哎，大不了一辈子不嫁人就是，走家串户做个闺塾师，你女儿也能养活自己。”

“你不知人世之苦。”

“再苦也是筋骨之累，总强于抑压心性之痛吧。”

“女儿，我只怕你太像我了。这段日子反观自身，每每感慨沮丧，摒弃功名之想，逍遥云中之鹤，不过是做给人看的豁达。你爹爹也是个不合时宜者，迟早遭天地所弃。”

“爹爹请别这样菲薄自己，让人听了心里难过。”善祥对爹爹最是敬爱，从不许旁人说他半句不好，此刻见爹爹消沉，自己也伤心起来。

“呵呵，人老了难免牢骚太盛，你别当真，只是随口说说而已。”爹爹左右望望，看见墙壁上有一小块茶渍，笑道，“人生许多事，就像这白壁上的茶渍，你看它像一朵海棠，还是一坨狗屎，于白壁茶渍无妨，前后心境却大不一样，放心，爹爹不看成狗屎便是。”

善祥这才笑了起来。

春末时分，满城杨柳风絮，钟山书院迎来一场盛事，梅伯言先生辞官归乡，于书院开门讲学，这天江宁文人士子无不云集在此。傅一槐在京城时做过梅先生的幕宾，自然要来捧场，善祥也扮作男装，随爹爹一起来听。

梅先生清癯硬朗，有股子醇古之气，倒是和桐城派的文风颇为合适。他讲救时济世、立功立言的时候，很是慷慨激昂，让人肃然起敬。善祥却喜欢他闲话书院旧事，譬如姚惜抱先生诱人作诗，把五律比喻成钱；譬如陈侍郎出了考场，亲自到书院哭师；譬如庭院中种数十株紫薇，原为取薇省丝纶之兆。讲这些的时候，梅先生的表情平易亲切，眼神仿佛穿过人丛，抵达旧日的某个场景，悠远而温情。

课试题咏，梅先生命题“秦淮旧迹”，不拘体格。善祥作得一首七律《乌衣巷》、一首七绝《东园》，和众人一起呈上，张贴墙上互为点评。梅先生步下讲台一一圈来，评善祥《乌衣巷》第一名，尤为赞赏“远钟声向花边送，斗柄光从镜里悬”二句，众人也纷纷附和夸赞。善祥正得意间，忽然耳边有人道：“这一首不过平平，小生倒觉得傅兄的《东园》更胜一筹。”

善祥回头一看，却是张继庚，他似笑非笑地继续说道：“‘天许黛眉描不尽，家家门对蒋家山’，这二句意境旖旎，真难为傅兄一介须眉，竟然能想到黛眉去了。”

善祥脸红，却又不好发作，更怕他再说些什么揭破身份，只得一脸笑容道："张公子，好久不见，咱们借一步说话。"

两人一前一后来到院子里，各自脸上都是不服气的表情。

"哟，张公子的莲瓣什么时候长成大船了？"

"承蒙小姐眷顾，复原半个多月了。"

"走得可好吗？"

"可以健步如飞了。"

"滋味不错吧？"

张继庚长嘘口气，望着紫薇花树下善祥那让人又爱又恨的慧黠模样说："足以刻骨铭心。"

"那就好，咱们自此了结，以后只当从未相识，话就说到这儿吧。"

"不行。"

"你还想干什么？怀恨在心？报仇雪耻？告诉你张继庚，我傅善祥虽然是女子，可一点儿也不怕你！"

"你听我说完一句话。"张继庚红着脸，低头摩挲着门边的那块大铁锚，这铁锚不知为何会在这里，已经被人摸得油光发亮。

"说啊。"

"我会到府上负荆请罪，退亲是我的错。"

"你省些力气吧。"

"不管你怎么想，我会再次去府上提亲。"

"痴心妄想！"

“你拒绝一次，我便再去一次，你拒绝千次，我便再去第一千零一次。”

“枉费心机！”

“除非你嫁给别人，你嫁给别人……我、我就终身不娶。”

“正是，你只管继续摸那铁锚，摸那铁锚，即使不娶也会自己生子。”善祥突然笑道。

“荒唐！”张继庚忙把手缩了回来，却又半信半疑，知道她诡计多端。

“江宁人人都知道，这铁锚不是凡物，乃明朝马三宝下西洋之故物。每个中秋月夜，游人如蚁到此，只为摸上一摸，就能保佑生子，我大姐就来摸过，此谓之摸秋。你刚才摸了这许多下，想来应该生个孪生子。”

“真是笑话，妇人摸了才会生子！”

“你连缠足的滋味都试了。”善祥边说边逃，回头笑道，“难说不会再试试生子？”

张继庚又好气又好笑，抬手一拍那铁锚，心里早已是柔情一片。

吴长松早就挑好了日子，老皇历清清楚楚写着，今日宜纳采、订盟、会亲友。夏天日长，天亮得早，长松五更时分已备好车马去接媒人，媒人是宰猪巷的梁大姑，为人最是热诚机敏，又能说会道，八面玲珑，撮合了许多好姻缘，此刻长松的全部希望都寄托在她身上。

梁大姑梳洗装扮，又细细用了茶饭，直到日上三竿，这才肯悠悠出门。到了傅家大门前，凑巧对面一列车马也停下，颤巍巍走出来的，是家住长乐渡的穆婆婆。穆婆婆是资深的官媒婆，人人都认得她。半路杀出个程咬金，不知对手是何方神圣，吴长松不禁暗暗叫苦。

只见穆婆婆和梁大姑两人笑嘻嘻地闲扯几句，大门开时，两人踅着小脚，甩开两臂，各不相让地往里面争相赶去。

吴长松在围墙根儿上找了块青石坐下，心里七上八下好不煎熬，抬起头来，见一长衫公子也背着手在墙外徘徊。这公子身材挺拔、目光深沉，斯文里有股子勃勃的英气，看来正是和穆婆婆一起来提亲的。吴长松愤愤中不由得生出些酸意，便忍不住上前挑衅。

“那秀才，你在这里贼眉鼠眼地逡来逡去，莫不是想偷东西？”

“我家媒人刚进去，小生在此等候消息。”

“傅家小姐不会看上你的，你早些回家罢了。”

“先生凭什么这样肯定？”

“因为我家媒人也在里面。”

“呵呵，原来谁胜谁负尚未得知，想必你也和我一样心情。”

“打住，你怎能和我比？我和傅家小姐青梅竹马，情投意合，我身上还有她送的香囊，亲手做的，你有什么？”

“她也曾送我一幅画。”

“哄谁呢，傅家小姐娇生惯养，大门不出，哪里认识你这野人？”

“大门不出？我看不像，她不是最喜欢女扮男装，到处去看热闹吗？”

“女扮男装……哦，我知道了，你说的是二小姐！”

“不是二小姐，还有谁？”

“哈哈哈哈，一场误会，秀才兄弟，原来你是为二小姐来的。我是为三小姐来的，咱们本是联盟，将来便是连襟，刚才还险些打起来。”

“哈哈，这也是不打不相识啊。”

“我吴长松，字蔚堂，磨盘街经营绸缎生意。”

“小生张继庚，字炳垣，家住太平里。”

两人既没了芥蒂，话语投机，更是言谈甚欢。不觉两位媒婆出来，各自拉长了脸，看来事情都不顺利。穆婆婆传递女家的话是寒门女子，不敢高攀。张继庚知道自己有错在先，早有心理准备，也并不意外，决意过段时间再来。梁大姑回的话却是三小姐年纪尚小，暂且不论婚嫁。吴长松连连跺脚恨道：“这一听就是托词，十五岁了还年纪尚小？只嫌我门第低辱没了他们吧？等我这回发狠赚笔钱，捐一个监生再来，看他们如何！”

两人心情烦闷，都不想回家，便相约到馆子里喝上一杯。路上吴长松遇到个熟人胡恩燮，家里是王府巷经营织锦贡品生意的，也大声叫了同去。时近端阳，菜馆已上了时令的雄黄豆、五毒菜之类菜式，五毒菜乃韭叶、茭草、黑干、银鱼、虾米五样，口感脆爽，有驱瘟毒之效。三人喝着酒，说些闲话，胡恩燮话多，提起前日去的魏公西园，啧啧声不绝口。

“最珍奇是那棵宋朝的栝子松，那可是宋仁宗亲手种的，你们说这陶道士多大的面子呀。你们有机会去看看就知道，那园子里呀真是什么景都全了，荼藤轩、桃花坞、梅岭、菊畦……我当时就想啊，我老娘最爱这些鲜花，要是能让她在这样的园子里住上几天，可得欢喜坏了。”

吴长松向张继庚解释：“恩燮是大孝子，平生最敬爱他娘。”

张继庚点头赞许。

胡恩燮道：“对了，这家的腊肉粽味道最好，我得带两只回去给老娘。”说完就叫伙计包来。

忽然门外一阵闹嚷，众人探身去瞧，原来有个轿夫撞碎了饭馆的水缸，两个店伙计一边一个捉住轿夫喊赔。那轿夫生得铁塔般黝黑壮硕，只轻轻一甩，就把伙计摔了个跟斗，其余的伙计一看不好，马上捋起袖子围了过去。

“原来是张鸦头。”吴长松赶紧出来劝住众人，自己掏钱赔了缸才算了事。又拉那轿夫一起喝酒，那轿夫也不进来，也不道谢，仍黑口黑面地径自赶路，吴长松便买了几个粽子追上去给他，他才要了。

张继庚赞叹：“吴兄真是仗义。”

胡恩燮却有些不以为然：“那张鸦头不过是市井无赖。”

吴长松正色道："张鸦头一身神力，是个好汉，恩燮你不知道，他也是个孝子。"

胡恩燮笑道："你要早说我就多送他几个粽子了。"

三人仍坐下来继续喝酒。

张继庚第三次提亲被拒，正是重阳之后。

俗谚云，吃了重阳糕，夏衣便打包。一场秋雨透凉，满城便起了西风。吴妈絮絮叨叨地说，重阳有雨，冬麦便有雨水，来年收成就好，就不会闹春荒，重阳无雨就要盼十三，十三再无雨呢，就要一冬天都干了，一冬天都干冬麦就下不了种，种田的人就要活活愁死了。

善祥笑道："老妈妈有话就直说吧，从今岁重阳绕到明年春天，还没绕到我身上，你老嫌不嫌远？"

吴妈道："你这个伶俐鬼，也知道我有话要说。"

"而且是难出口的话，而且是夫人让你转达的话，说吧。"

"夫人说啊，人家张家都第三次登门了，千错万错，都是从前一场误会。咱们面子也补回来了，架子也摆足了，多少也该给人家个台阶。再说那张家也是书香门第、诗礼之家，人也是百里挑一的才俊，又难得肯不计较许多的，二小姐，你今年也十七岁了，别再挑三拣四，过了这个村就没了那个店啊。"

"她的意思就是，难得有个男人不嫌弃你，还不赶紧扑身嫁了？"

"哪有这样说话的？"

“真是奇了怪了，我也是千金之躯，自有我的尊贵，何苦自轻自贱如此？他一声不要我，你们就愁眉苦脸如丧考妣，他一声要我，你们就骨头轻了要急着点头。”

“还不是为你操心呢！”

“那张继庚易反易覆小人心，成也是他，败也是他，进也是他，退也是他，好也是他，丑也是他。他想挥之即去招之即来？哼，本小姐才没工夫伺候！”

“总是那么多道理，我说不过你。”

“你就原话去回夫人好啦。”

“哎，二小姐呀，你就让夫人省点儿心吧。”

“她从来都是不理我的事，这次又何苦白费心思？”

“她不理你的事，谁来理？老爷现在什么都不理，整天呆呆噩噩像个泥做的菩萨。你大姐那边迟迟没孕，她婆婆没个好脸给她，饭也不让吃饱，饿得脸儿都尖了，又天天闹着要给姑爷买丫头纳妾，已经看好几个了。唉，要是收了个不省油的偏房，得了子嗣，你大姐可不是要给人欺负死了！”

“可恨！凭什么男人三妻六妾，女人却要从一而终？”

“菀祥今年也十五了，说亲的也没少来家，可你要是不嫁，你妹妹怎好越了次序出阁？”

“看来只好这样了。”

“张家的亲事你同意了？”

“当然不是这个。”善祥眨眼笑道，“看来我只有亲入虎穴，舍身去做了戴姐夫的偏房，既可以帮大姐抗那恶婆母，又不会妨着菀祥嫁人，这样夫人总该省心了吧？”

吴妈啐了一口：“你就疯吧，你就闹吧。”

善祥哈哈大笑。

日后时常回想，人生里能疯、能闹、能哈哈大笑的时日原本不多，需要境遇，需要心情，更需要那些纵容你的人。

她们家的冬天是从爹爹走失那天开始的。

事实上那天还没入冬，只是霜降，娘记得极为清楚，因为爹爹出门的早晨，南城外军营的号角呜呜，那是制军行每年霜降的秋操。娘问他早上天凉，要不要多加一件衣裳，爹没应，娘以为他没听见，就没坚持，其实她当时很想回房拿一件给他。

晚上爹爹没回来，那段时间他常这样，或者醉在舟中，或者夜宿楼馆，娘无计可施，也就惯了。次日一早，是船家上门报说爹爹不见了，昨天黄昏，他要船家把小舟系在鉴园的高柳下面，自己独步上去，船家等了一夜不见人，上去找了几圈也没踪影，舱里酒壶笔墨都在，一张大字墨痕犹未干。船家带了回来，上面抄改了一则偈子：

梦幻飞花，四十七年，白鸟烟没，秋水连天。

善祥心里一惊，泪水悄然迷蒙了眼睛，爹爹心里的愁闷她一直明白，却只能徒然看着他衰老消沉，只能痛惜心疼，却一点儿办法也没有。她不敢说，爹爹不会回来了。

娘从来不这样想，她到处烧香拜佛求神保佑爹爹平安无事，早日回家。她花银子请人，四处寻找爹爹，从此开始了期待、忍耐、希望、失望交织起伏的日子。有人说在扬州梅花书院见到爹爹听梅伯言先生讲学，有人说在苏州寒山寺见到爹爹和长老论禅，还有人说爹爹在茅山道观做了道士。凡有一丝音讯，就仿佛黑夜里的点星烛火，摇曳着摇曳着让人的心都颤了，而结果总是，摇着摇着就灭了。

爹爹不在的日子，菀祥乖巧多了，善祥也岑寂下来，有时恍觉人生的空，便觉得一切都索然无趣。每个人都在想念爹爹，家里总是静悄悄的，好像怕稍微的响动会遮挡归来的脚步声。

而娘就是咬定，爹爹终究会回来，家在这里，她在等他。

她的全部生活信念只剩下这一条，等爹爹回家。所有的大事都搁置不议，所有的媒人都婉拒登门，她耐心地逢人解释："大事不问过我家老爷，那是对他的不敬，儿女婚姻更要父母俱在商议，这才算是全福之人。"

善祥和菀祥的婚事就这样被拖下来，娘总是说，再等些日子，爹爹就会回来了，他一定会回来的。她以这样执拗和坚韧的姿态，守着这个家。

道光二十九年（1849），江宁百年一遇的水灾，通城行船，米价贵至五千文一石，城中灾民要剥榆皮、杂苞芦为食，她不走。

咸丰三年（1853）二月十日，太平军炮轰静海寺地道与狮子山城墙，从仪凤门破城。大乱来临，人人逃命，连吴妈都要避走乡下，临别前哭着求太太逃吧，她还是不走。

她说，要是爹爹回来，找不到她们怎么办呢?

七、这声好叫得未免有些早了

惊起了一圈儿麻雀。

纷沓的脚步，一只狗嚎叫着奔逃，腾起的烟土，遮住了飞驰而来的高头大马，只听到马蹄密匝，马鼻子短促而湿湿地喷气。

“东王驾出，闲人回避！”

“冒冲仪仗者，斩首不留！”

马蹄渐远，急呼声也远，土落尘静，宽阔的街道忽然空寂下来，每道门窗都紧闭着，好像从来没有人迹。

不多时，锣鼓声渐近渐喧，一条长长的金黄色龙灯盘延而来，后面是绿边黄心金字衔牌二十对，兵勇肩挑铜钲十六对，铜钲一概飘着几尺黄旗，黄旗上写有“金锣”二字。再后是旗帜队，计有绿边黄心绣龙长方旗、绿边黄心绣龙正方旗、绿边黄心绣蜈蚣旗各二十对，跟着是高照、提灯各二十对，虽然是光天朗日也一样火光熊熊。还有画龙的黄遮阳二十对，提炉二十对，黄龙撒二十柄，参护背插令旗，骑对马数十对。最后为执械护卫数十人，绣龙黄盖一柄，黄轿两乘，这是仿照古代的副车制度，以防意外。轿后黄纛千余杆，骑马执大刀的数十人，更番用鼓吹和音乐数班，与仪从相间，轿后也用龙灯钲鼓，与阵首遥相呼应。所有执盖执旗人都穿上黄下绿的号衣，颜色艳丽夺目，好像一场热闹的大戏。

东王杨秀清今天坐后轿，穿黄袍的北王韦昌辉贴着轿子一路小跑，满头是汗，也没工夫擦一擦。

韦昌辉不敢上马，天父此刻可能还在杨秀清身上，谁都不知道天父什么时候下凡，又什么时候回天庭去。所以在东王杨秀清面前，他的心总是悬在咽喉底下，眼睛时刻要盯紧他的每一个举动。有一次杨秀清只是嫌衣袖太长振了振袖子，韦昌辉还以为天父即将降身，扑通一声先跪下了，惹得众人大笑，连那翼王石达开也笑得很大声。韦昌辉暗暗恼怒，石达开有什么资格笑，看上去威风凛凛、能征善战的一条汉子，每当杨秀清天父下凡的时候，不也是紧张得一身是汗？

韦昌辉回头看看，东殿吏部二尚书侯谦芳一脸肃整地跟在后面。他悄悄压低声音问：“侯谦芳，天父还在里面吗？”

侯谦芳摇摇头：“回六千岁，小人说不准。”

“你好歹去探个明白，我这么跟在轿子后面跑，成何体统？”

“六千岁恕罪，小人哪敢开口，您也知道，万一惹恼了天父，小人的脑袋就搬家了。”

韦昌辉无奈，只得擦擦汗，继续跑在后面。

忽地从轿子里传来个略微低哑的声音：“谁在外边吵嚷？”

韦昌辉忙躬了身子，恭敬地说：“天父在上，小子昌辉在此伺候。”

轿内人惊道：“什么，天父刚刚来过吗？本王一点儿都不知道。”

韦昌辉恭敬地说：“回四兄，天父附身于四兄的贵体，您当然不知道了。”

“那么天父说了些什么？”

“天父刚才在天王府下凡，把天王二兄教训了一顿。”

“啊，有这回事？”

“是，天父责骂二兄，若再坚持迁都河南，就是想变妖，罪该杖责。”

“那么二兄如何回答？”

“二兄已经知错，同意建都江宁，并改名为天京。”

“原来是这样。唉，这么大的事情，就发生在本王身上，本王却一无所知，反要旁人来说给我听。”

“四兄代天父传言，可谓劳苦功高。”

“行啦行啦，五弟，你今天既然在这儿，我正好有几件事要传给你办。”

韦昌辉暗暗舒了口气："愿听四兄教诲。"

"第一件，严查天兵私闯民宅事件，无令扰民者，就算王爵国宗也定斩不赦，左脚踏入民宅的斩左脚，右脚踏入民宅的斩右脚。"

"是。"

"第二件，城内居民遍查户口，男女分馆、百工归行之事不得迟延，任何人不许私藏在家，民家所藏私产也要速速尽入圣库。"

"是。"

"第三件，既然天王万岁将天京定为国都，正是万国来朝之时、大兴土木之际，天王府和东王府的建造工事更要催紧些。"

"小弟正为此事四处招募工匠，现城中各馆男女数十万也足可委派。"

"那就好。"

"四兄还有什么吩咐？"

"对了，老民馆和牌尾馆的伙食供给，要适量照应一些。"

"四兄怜孤恤老，真是柔慈心肠。"

"还有，镇江撤回的伤兵要小心医治，传令佐将有空必须亲自探视，命宰夫官每天按名给肉，吃好才能调养好。"

"四兄爱兵如子，给肉倒不成问题，难在缺大夫，城里的医士大夫差不多都逃了，如今营里许多病症找不到人治。"

"怪不得我这两天眼疾复发，想找个好大夫，他们找来的都不像样。"

“四兄定是为国事操劳过度，才致贵体抱恙，小弟恳求四兄保重身体。”

“我不操劳谁操劳？从金田永安打到武昌天京，天王哪里像个管事的？南王、西王升天得早，你们下面这些又不识事，里里外外哪样不要我费心？”

“九千岁功高盖世，小弟一定诏令天下，悬赏万两白银搜寻良医为九千岁医治。九千岁眼疾是为众兄弟姊妹赎病，小弟即刻号令全军各营兄弟姊妹为九千岁诵背赞美词，祈祷灾病速退。”

杨秀清满意地“嗯”了一声，忽然问道：“咦，你怎么气喘得这么厉害？”

“小弟在轿外奔走伺候。”

“哎，你堂堂一个北王，有马干吗不骑，有轿干吗不坐？真是庄稼人洗脚上田，不识礼仪。”

韦昌辉哑口无言，看看前面，不觉间已到了东王府，东王轿子上台阶的时候，他不自觉伸手帮着扶了一下。旁边的侯谦芳不露痕迹地笑了笑，这让韦昌辉开始后悔这个动作。多少自己也是个荣耀的北王，是太平天国堂堂的六千岁，是天父皇上帝尊贵的第五子啊，何苦这样作践自己？

他阴着脸，没作声。

黄昏时分，最早的一声铜锣在宫殿里清脆地敲响，紧接着头门内锣声齐鸣，一声声仿佛击鼓传花般，又家家户户传下去，由近至远，至城头戍卫，至荒野村郊。同一时间，天京城里各殿、各府、各衙、各馆和城外乡村，人人下跪祈祷，喃喃不已，夕阳的余晖把整个城市拉进一种绚烂得有些不安的光晕里。

城东石坝街后四军五女馆里，光线昏暗的前厅，当中摆着一张方桌，桌旁围着一圈太师椅，桌上摆着十碗菜，素荤各半，又有米饭三碗，香茶三盏。

有人点燃了蜡烛，烛火跳闪中，厅里的人脸渐渐依稀可辨。

何大妹和女儿李玉芬板着脸孔坐在太师椅上，下面左右高低参差各站着两列妇女。何大妹点点人头，每列二十五人，共五十人，到齐了。

左边这列是后四军五东，归女儿李玉芬管，右边这列是后四军五北，归何大妹管。这屋里，这些女人，统统要听她们母女的话，不管她长得多娇艳美貌，不管她的皮肉多白多细多香，不管她从前是财主小姐还是官家太太，不管她认得几多字，有多大本事，现在，都是她们的手下，都得恭恭敬敬、老老实实，不听话就狠狠地打。

何大妹喜欢看这些女人俯首帖耳的样子，她喜欢她们的惧怕，有一种扬眉吐气的痛快，有一种做王的威风。当年在广西藤县新旺村处处被人瞧不起，处处被人欺负，多少忍气吞声，她真想让新旺村那些人看看她今天的荣耀得意。就为眼前这一刻的畅快舒心，这三年行军打仗、血里火里受的苦累艰辛，想来都是值得的。天王当初教导她们，同心合力打进小天堂就能享福，就有高封，真是没说错啊。

何大妹清了清喉咙，高声道："今晚的饭前祈祷，我们要为东王九千岁诵背赞美词。东王九千岁来到世上，为的是劝诫人们行正道，为的是治人疾病，他是劝慰师，是解人疾患的救世主。你们这些新姊妹，不知道要敬天父，天父本来是要降病给你们的，东王九千岁慈悲，宁愿自己患上了眼疾，独自受苦，为的是代你们赎病，都晓得吗？"

两列妇女低声应和："晓得。"

"现在我先诵一遍赞美词，你们都要跟着我诵，要诚心诚意，要恭恭敬敬，要放大声音，要是有人不好好诵……"何大妹瞪了瞪后四军五北列中的一个人，那个叫傅善祥的女子一脸傲气，"我就要罚她受杖！都晓得吗？"

"晓得。"

"小女何大妹祈祷天父皇上帝，今东王九千岁为解人疾患而病，恳求天父皇上帝恩怜救护，灾病速退，身体复安。倘有妖魔侵害，恳求天父皇上帝大发天威，严将妖魔诛灭。托救世主天兄耶稣赎罪功劳，转求天父皇上帝，在天圣旨成行，在地如在天，俯准所求，心诚所愿。"

何大妹诵毕，令台下众人依样诵了一遍，然后全体朝外跪下，各自垂首肃然，默诵悔过奏章，片刻后起来，各自散去。何大妹随口吩咐两个女子把饭菜端到她房里去，又对女儿说："玉芬，今晚的菜式好，你哥哥特意差人送了两只猪脚来孝敬我，你去隔壁把卒长贞人朱九妹请来，也叫上五南和五西的管长老姊妹，咱们娘儿几个好好开个荤。”

没多久，卒长朱九妹和另外两个女官来了，几个人说说笑笑落座，正要举筷，忽然李玉芬叫了一声：“娘，这红烧猪脚怎么少了一半？一定给人偷吃了。”

何大妹把桌子捶得山响：“不想活了，竟敢偷吃老娘的猪脚！把她们全给我叫出来，查！”

善祥不知道今夕何夕，脑筋里的日子像缠结的丝绳，都乱了。

她还没搞懂太平天国的那个天历，癸丑年他们改为癸好年，正月初一从立春开始，三月却是从清明节开始，不对，是菁明节，他们说要避东王杨秀清的名讳。

她的日子乱了，好像一切还停留在旧历簿上，这一个月，是格外漫长，漫长如十年的一个月，在旧历簿上是不算数的。她常想，也许这只是个乱纷纷的梦，闭久些眼睛，她就会醒来，醒在钞库街青砖小瓦、落花格窗的家里，转下头就能看见橱柜上的禽鸟雕花，桌上放着她昨夜写的诗、一盏喝剩的茶、看了一半的书。

还记得刚开始时她的兴奋、紧张、不安，还有隐隐的期盼。城外日夜隆隆的炮火，惊慌逃难的人群，不知何处飞来的传单，早上醒来大门不知被谁贴了个顺字。

太过平静的日复一日，如死水和撕不开的帷幔，迫人窒息。哪个少年没有一段不甘心的岁月，希望到来一场改变，不一定要惊天动地，但起码有些动静声响，只是她没想到在这里，在自己身上，会这么近地见证并介入一场改朝换代。

她像等待一出大戏，等待那斑斓的热闹，以为可以毫发无损地旁观。娘不逃，她也不想逃，她不怕，只是好奇，极为强烈地好奇，长毛、大脚蛮婆、天兵天将、拜上帝教，你只听到满城风雨沸沸扬扬，就不想亲眼看看是怎么一回事吗？

他们的书上写道："天下多男人，尽是兄弟之辈；天下多女子，尽是姊妹之群。何得存此疆彼界之私，何可起尔吞我并之念？"她简直要为这句话击节拍掌。

她亲眼看着太平军进城，步伐整齐，军纪严明，大红的、明黄的头巾与乌黑的散发在风里飞扬。每个人的眼里都闪着一种奇异的光亮，那是她从未看见过的东西，那种蓬勃，那种生机，那种略带粗野和稚拙的、没有什么可以压制的勃勃生机。

她看到了传说中的女兵，惊喜得只恨找不到人分享，那些和男子一样行军打仗、上阵杀敌的女子，无论长幼高低，她们统统不缠足！就是那样一双天然的脚，有力地、优美地踏在路上，轻扬起微微的土尘。是的，她们是大脚蛮婆，可是她忽然觉得，"蛮"是一个生动可爱的字眼。

在他们的国里，女子也可以和男子一样做军师、做将军、做丞相；女子也可以和男子一样，自由自在地在大街上骑马、奔跑或者行走；女子也可以和男子一样，大大方方地到礼拜堂听讲道，男子站一边，女子站一边，台上那个英姿飒爽的女官说到“男人能做什么，我等姊妹们也不输给他们”时，她实在忍不住叫了一声好。

后来她想，这声好，自己叫得未免有些早了。

江南二月春寒，城里的温度却一直在蒸腾。那是因为火。

大火烧了寺庙，出家人被剥去了衣裳，强令改拜上帝。在夜里火光映红了半边天，娘隔着窗子默念“阿弥陀佛”；大火烧了书院百年的藏书，爹爹的书也没能幸免。天王的诏令说孔孟诸子是妖术邪说，大队人马那样气势汹汹地销毁典籍，可书，是那么脆弱而易燃的东西，转眼就翻滚成黑色的灰片，来不及哀叫一声。

来不及守护或者掩藏什么，搬东西的人已经挤满了房间，不再是她家的桌椅、古玩、金银、米粮，一切都将归入圣库。这是天国，有饭同食，有衣同穿，以后吃喝穿用，圣库自会每天酌量供给。

乃至她们自己，也不是这个家的人了，男入男馆，女入女馆，把房子打通，二十五人住一个大间，同吃同住同起同睡，早晚两次同声感谢上帝，没有自己，没有家，每天醒来仿佛就要被派去出征。

姐夫擅文，编入诏书衙。鸾祥擅绣，编入绣锦营。娘本来也在绣锦营——那是很多小姐打破头抢着去的舒服地方，却不知为何又求女官编入善祥、菀祥这一馆。菀祥说娘是舍不得她，善祥心里有些酸酸地要自己承认，娘应是为菀祥留下的，不然难道是为她？

她们匆匆离家那天，只来得及带走一个小包袱，天国不许私藏财产，每人只准在包袱里带几件换洗衣裳。收拾包袱那么紧张的时刻，善祥却有暇想到八岁那年未遂的出走，和当年一样，此时她的包袱除了衣物，还是书，都是天国获准通行的书，只不过她耍了个小花招，《旧遗诏圣书》《天父上帝言题皇诏》的封面之下，是她最心爱的几本诗集。菀祥的包袱不轻，凑近些能闻到各种不相融合的香味，大概里面塞满了她最喜欢的香囊药草。还不止，菀祥说里面还有几只核桃酥饼，又偷偷告诉善祥，娘把她的金手镯用手绢包了藏在夹袄里，那两只金手镯是太祖婆婆传下来的，娘不敢再戴，也没舍得缴给圣库。

乱哄哄的人群拥挤在去女馆的路上，娘低声地说："从今以后，你们两个要小心忍耐，但求平安保身，等待好的时机，切记不要生事。"说话间，前面一列马车飞驰而来，娘赶紧一手一个拿住两个女儿的肩躲闪，善祥微微偏了偏头，从小到大都听到她腕上叮当的细响，金镯子没了还真不习惯。

与女馆管长何大妹的结怨，是从菀祥开始的。

何大妹是个中年的广西妇人，生得高大黝黑，因为要保持威严，要时刻把细长的眼睛瞪圆，把厚厚的嘴唇抿紧，她时刻都很用力这样做，就给人一种力大无穷的感觉。李玉芬是她的女儿，不过十七八岁，一样黑肤、细眼和厚唇，身体却瘦削扁平，这使她的气势远远比不上母亲，难以胜任统辖二十五个人的职位，一有什么事就去找母亲帮忙。

正是这母女俩，每天四更就把女馆的妇女叫醒，开始委派一天漫长的劳役。

何大妹要她们搓麻绳，每人一天须交二十条定额，交不够的就要挨打。

是真打。

开始大家还没当回事儿。馆里有对姐妹花，姐姐叫常彩芸，妹妹叫常彩萱，是小李府巷常孝廉的千金。彩芸的夫家是饮马巷经营油坊生意的周家，这次分馆，彩芸相公分到了油盐衙，彩芸的儿子阿生年方五岁，因男女有别，母子概无例外，可怜的孩子离开母亲，被分到了牌尾馆。彩芸本来就先天不足，身子骨弱，这几日又思念儿子，夜不能寐，所以精神分外差些，埋头搓了一会儿绳子，就觉头昏眼花难以支持。彩萱胆壮，跑去找何大妹，要她豁免姐姐的定额，何大妹不肯，彩萱气起来索性拉着姐姐一起罢工。

何大妹拿出一条马鞭，这马鞭大约两尺长，扬起来嗖嗖地带着寒气，她什么也不说，一鞭就往彩萱和彩芸背上抽去，大家都怔住了，眼看着彩芸姐俩惨叫一声倒在地上。当时菀祥坐得近，鞭梢擦了下耳朵，她当时吓愣了，后来才觉得疼和生气。

再没有人敢说什么，多少不满和愤怒都默默忍下，个个只埋着头拼命赶工，一直忙到三更犹未歇息。人人两掌都磨出血泡，指尖也出了血，洗漱的时候，手碰到水更是疼得钻心。娘为菀祥擦了些金创药在耳上，又去看那彩芸姐妹的鞭伤，从肩膀斜贯脊背血红的一条印子，可见下手多狠，因何大妹说哭就是变妖，变妖还要狠打，姊妹俩只能暗暗流泪。

菀祥一时忍不住，偷写了张“大脚蛮婆，豺狼当道”的大字帖，入夜悄悄贴在何大妹门上，当时也不去管后果，只想着要出一口气。哪知那李玉芬认得几个字，第二天见了，告诉母亲这是有人用妖话骂她。何大妹大怒，纠齐了全馆的人，拿了笔墨纸砚，要她们一个个上来写字核对笔迹，非得把写妖话的人捉出来打。

菀祥这才晓得害怕，脸上强作镇定，腿脚却止不住地抖。菀祥的字不难认，她的楷书自小便模仿善祥，不细看找不出差别。娘和善祥猜出个大概，心里暗叫不好。娘心急火燎，正不知如何应对时，却见善祥已抬起头来走出队伍，神态自若地说：“不用找了，这字是我写的。”

她潇洒地提起笔，在纸上写了同样的八个字，众人一看，果然笔迹是一样的。

何大妹抓起马鞭，菀祥在下面闭紧双眼，娘正想抢上前来，忽然善祥笑道：“且慢，你们不要不识好人心，我写的这字明明是赞美词，你们凭什么说是骂人的妖话？”

李玉芬气道：“你以为我们是瞎子，不晓得这是什么字，蛮婆和豺狼还不是骂人的妖话？”

善祥不慌不忙："当然不是，你听我一字一字解给你们听，就知道了。先看这'大'字，天大地大人亦大，极言其人身份之贵，地位之尊，故天王万岁作《原道醒世训》开篇便说，'从来福大则量大，量大则为大人'。"

何大妹见提到天王说的话，神情有些缓和。

"再看这'蛮'字，最下部首是个虫，这个虫才是真妖，幸而这只真妖被管长贞人母女之神勇大脚狠狠踩下，不能翻身，生生世世被镇在脚底。"

何大妹的严厉中有几分迷惑，菀祥等人在下面强忍住笑。

"'婆'字是敬称，凡人俗子不可轻易享用，不见纺神名叫黄婆，风神名叫孟婆，梵语里有个长寿天神，她的名字也叫耆婆。"

何大妹半信半疑，娘皱着眉头，忧心忡忡。

"至于豺狼当道，更是大好的赞美词。"善祥侃侃而谈，"'豺狼'奔扑跳跃，勇猛机警，乃兽中强悍者，管长贞人母女上阵杀妖，所向披靡，难道不是人中强悍者？这个'道'，不是寻常的道，乃是天王万岁所作《原道救世歌》里说的道，'道之大原出于天，谨将天道觉群贤'。'当'在此意为相称，配得上，也就是说贵母女性如豺狼，配得上天王万岁所说的天道。你们说这两句不算赞美词，那岂不是对天王万岁不敬？"

李玉芬究竟嫩些，拉拉母亲的衣袖："她这话好像有几分道理。"何大妹张口结舌，却也挑不出理，只得卷起马鞭，叫众人散了。女馆一众妇女平日受了不少气，此时暗自偷乐，无不面露喜色。何大妹明白自己到底被善祥耍了，便黑着脸把字纸揉成一团狠狠扔掉。

菀祥过来捏捏姐姐的手，善祥瞪了她一眼，菀祥自知理亏，只嘻嘻地笑。娘看着善祥，责备道："锋芒太露，你会惹祸上身。"

善祥本以为自己挺身为妹妹解围，多少能赢得母亲一句褒奖，谁知劈头却是责怪，不禁又是委屈又是心凉，冷笑道："夫人放心，我惹的祸自己会承担，不会连累夫人的。"说罢，仰了脖子径自走开。

女馆大门外，彩芸正倚门垂泪，原来她相公带着五岁的阿生一大早来探视，幼子想念娘亲，那个撕心裂肺，哭喊着扑过来求抱，却被何大妹拦住，挡在五步之外。她一副秉公办事的威严："有什么话，就站在那里说，听不见就说大声些，'天国十诫'你们没有背熟吗？男有男行，女有女行，不得混杂。"

彩芸苦苦哀求，何大妹只是不听："我儿子李世贤来看我，也是站在那里远远说话，条令如此，谁犯了就是变妖！你以为你是财主小姐，白皮嫩肉就要开什么特例？你也少在这里哭哭啼啼，哭也是要变妖，要是让巡查看见捉了你去，那才真是活该。"

不忍看下去的时候，善祥就去看书，至少看书能让人暂且忘却眼前的景象，暂且找个休憩的地方。菀祥也靠摆弄那几只香囊打发时光，那是她最宝贝的几只香囊，吴六赠的细缎，鸾祥的绣工，她自己精心采集研制的香料干花。女馆里人人都赞叹不已，声名传开去，甚至李玉芬也羡慕得不行，终于有一日，她放下架子，讪讪地来求菀祥，能不能送一只给她。李玉芬虽常年下地种田行军打仗，却也是妙龄女子，也爱美，心想戴一只漂亮的香囊，人也跟着增色不少。

菀祥心里对这母女最是不屑不满，表面上却做出笑眯眯的样子："好啊，你等两天，我要专门为你做一个。"那李玉芬心里欢喜，特意让何大妹派些轻省的工给菀祥，别人要挖壕沟、削竹签，独让菀祥到圣库领口粮。等了两日，菀祥果真做了只精致的香囊给她，那香囊气味馥郁，说不出来是什么花香，李玉芬喜欢得紧，即刻就系在贴身的褂里，晚上睡觉也舍不得解开。哪知第二天醒来，床前床下密密麻麻爬满了蜈蚣，有几条已经顺着栏杆爬到头顶了。这可把她吓得不轻，又是挠又是赶又是打，方才消停了一阵，中午吃饭坐下，不觉周围又爬了几十条过来。何大妹觉得蹊跷，怀疑是菀祥的香囊不对，遂解开香囊掷到一边，果然那群蜈蚣慢慢转向奔那香囊去了。何大妹母女怒不可遏，气势汹汹地来到睡房里一通乱翻，各人的衣物包袱散落满地，菀祥的药草香料被踏了个粉碎。又见有人在包袱里面夹带金银首饰珠宝之类的，也统统收缴一空，幸亏娘的两只金镯子素来贴身藏着才没被发现。善祥的书却没能幸免，李玉芬眼尖，看到书封和内页货不对板，这可抓到了把柄，忙"抓妖抓妖"地大声叫嚷起来。

那次真的很险，而她俩侥幸逃过了鞭笞，不是因为何大妹发了慈悲，而是娘及时掏出了金镯子。

太祖婆婆传下来的金镯子，娘从没离过身边的金镯子，刻着神秘的纹案，黄澄澄的两只，一只呈给何大妹，一只塞给李玉芬。

何大妹斥道：“你私藏金财，现在又想收买我们，是想变妖！”

娘赔笑道：“管长贞人您看清楚，这哪里是金，明明是铜，根本不值什么钱，只不过闲时作个玩耍。”

何大妹这才收起来，脸上仍威严不减：“既然是铜的，我们就暂且帮你收管。你们要打起精神，下次再犯定不轻饶！”

娘忙连连点头称是。

待剩下她们三人时，只默默相对无言。

八、天王宫里还愁着饿吗

菀祥偷了五块红烧猪脚。

她早就闻到了红烧猪脚的香味，刚开始诵背赞美词的时候就闻到了，那种让人迷醉又痛苦的肉香啊。她为自己超常的嗅觉恼恨，这嗅觉超越了所有的感觉，所有念头只剩下两个字——猪脚。

她有多少日子没闻到肉香了，自从进了女馆，她简直忘了肉是什么滋味，她简直不相信自己从前吃过肉，有时候会无聊地自己和自己说话。

“你真的吃过肉吗？”

“真的吃过。”

“那你说说肉是什么滋味？”

“就是很香很香的滋味，香到每颗牙齿缝里，还要细细转两个圈的滋味。”

“那你从前能吃多少？”

“总有满满一大碗，吃到腻了，只吃瘦的，肥的不要。”

“唉，要是能剩下一块现在吃就好了，肥的也好呀。”

“一口就满足了，一小口就很满足了。”

天国百姓一切吃穿花销都从圣库领取，女馆的口粮供给起初是每人每日白米一升，后来不知为何减至六两，还是带壳的糙米，而且常常是发了霉、生了虫的，放在从前，是她家喂鸭子都不吃的。即便这六两糙米，还常被何大妹克扣，谁要是没完成做工的定额，或者发一句牢骚，重者挨鞭子，轻的就扣口粮。何大妹说：“不打仗的喝稀粥，打仗的喝稠粥，城外打仗的吃干饭，敢死队的才吃大块肉。你们这些娇小姐、贵太太，身子又懒，做工又慢，六两糙米都是多给了，总该让你们饿两顿，才知道时日的艰辛。”

吃不好又吃不饱，在菀祥看来，就是人生最大的痛苦。

她每天看见什么都想到吃，搓麻绳，想到用麻绳油纸包扎的火腿；削竹签，就想到油焖笋干咸肉；窗外几只麻雀飞过，她想到热油炸一炸加点儿盐。都是奢望，远到望不见边儿的奢望，眼下连咸菜糙米粥都吃不饱，那晚特别饿，吃了自己那碗还是饿，就忍不住把娘留给善祥的吃了。善祥被派去伐竹，来回要走三十里，又饿又累地回到馆里，只见到个碗底。娘气急了，狠狠骂了菀祥一顿，还是善祥好言劝开了。菀祥理亏，知道对不起二姐，总想找个机会补回来，所以这次偷猪脚，她偷了五块，包在手绢里，捧着的手在微微发抖，急急寻个角落，心急火燎地一气吃了四块，忍住最后一块留给善祥——不是没想到娘，是不敢给她看见。刚好娘也不在，晚饭时监管比较松懈，便是借机外出片刻也不打紧，只要能赶在半个时辰内回来应卯，娘就是趁这个空出去了，但她总不肯说去了哪里。

善祥接了这油渍斑斑的猪脚手绢包，果然问个不停，未等菀祥回答，何大妹已经在厅堂喊起来。

善祥这才知道是怎么回事，恨妹妹不争气："你怎么这样没出息？你就饿成这样呀，一点儿骨气也没有！"

菀祥睫毛一眨，眼泪已经出来了："我就是没骨气，我就是没出息，我就是饿，我饿死了馋死了！我宁愿吃个猪脚吃死了，也好过这么苦巴巴地饿死！"

"你还敢哭，做事总是不想后果，整天就想着吃，这么大个人也不长脑子！"

"我哭我的，不关你的事！打也是我自己去挨，不关你的事！"

善祥见妹妹哆哆嗦嗦一副可怜样子，又是生气又是不忍，只能咬着嘴唇，长叹道："不关我的事？猪脚就在我手里呢，你看这一手的油！"

只能硬着头皮面对了，善祥深深地吸口气，把妹妹推开。

她迎着何大妹的目光，不许自己退缩："是我。"

"你竟敢偷食我们的猪脚，《天条书》第八条怎么说的？"

"不好偷窃劫抢。"

"你知道偷窃是犯天条，那是故意找打！"

“不是偷，是取。”

“还不认罪！你是被妖迷了，不打你不得醒！”

“东王诰谕说，天国人人皆为上帝子女；天王万岁说，天下多女子，尽是姊妹之群。既然如此，众姊妹也应有衣同穿，有饭同食，却为何你们吃猪脚，我们吃咸菜糙米粥？”

“那猪脚是我儿子孝敬我的，是我的东西，你私自拿了就是偷窃！”

“天国儿女不得有私，我家从前多少鸡鸭火腿熏鱼全都上缴圣库，不曾留得半分，你这猪脚既是私产，岂不是有违圣库条律？”善祥望了望何大妹身旁的几个女官，继续道，“再说人人皆知天朝食肉有制，总制级别以下，除上阵兵士与伤病兵士外不可供给，就连卒长贞人也无权食肉，你独享猪脚，算不算僭越级制？”

“我也不跟你说，我打完你再说！”何大妹下来一把揪住善祥的手臂，善祥使力去挣，哪里动弹得了？李玉芬也上来擒住另一只手，善祥眼睁睁看着她们母女拖着自己，像拖着一只什么畜生似的毫无尊严，鞋跟擦过砖石的刺痛，这刀俎鱼肉的哀痛无力，让她深深感到百无一用是书生。烈性上来，善祥索性破口大骂：“犯天条的是你们！贪人钱财，劫人金银，敢不敢打开你们的包袱，看看有多少珠宝首饰是搜掠大家的？真妖魔是你们！克扣口粮，随意打骂，毫无人性，试问座下有哪个姊妹没受过你们的欺侮？有几个人不在心里骂你们、咒你们、恨你们？”

她被摁在椅子上，被人扯着头发，双手捆在背后，荒凉、屈辱、绝望，像一条在沙漠里濒死的鱼，她骂着，渐渐地不知道自己在骂什么。她看见菀祥在哭，看见有人躲闪，有人低头，有人同情，有人压抑着愤怒转开眼睛，她还看见……

她忽然看见远处一双熟悉的小脚，非常怪异地飞奔而来，那是娘。可是这一刻她还有闲心想，从来没见过姿势这么怪的娘，甩着手，两臂左右分张，探着上身，飞奔而来。她忽然明白了，原来缠足的人跑起来是这么丑陋、滑稽、可笑，而又这么艰难，怪不得娘总是莲步施施。这是她第一次看见娘跑，那么急，那么快，那么不顾一切，像一只大鸟张开翅膀飞来。

“鞭下留情！”娘扑通一声跪下，善祥只觉后背一暖，娘将整个身体挡在她身上。

“求管长贞人开恩！求各位贞人开恩！贱妾教女无方，罪不可饶，要打就该打我，贱妾甘愿受罚！”

“好一个‘罪不可饶’！你们几个屡屡犯事，老娘都算忍耐得久了，看来不打一顿就不老实！”何大妹捋着马鞭，面色阴沉。

“一人做事一人当，你要打的是我，关我娘什么事！”善祥叫。

“何贞人你也是做母亲的人，你也知道天下做母亲的苦，千错万错都是贱妾的错，求贞人成全，还是打我吧。”娘苦苦哀求。

“谁敢动我娘一个指头，我就跟她拼命！”善祥声嘶力竭地喊着。

“一起打！”何大妹被激怒了，扬起手里的马鞭，忽地，一只手温柔地握住她的腕，原来是卒长朱九妹。她是个外柔内刚的湖北女子，在武昌时被编入女营，因为聪慧能干很快就升为卒长，统管何大妹等四个管长。

“何姐姐息怒。”朱九妹笑着劝解，“这些姊妹犯了错，确实该严加处罚，以儆效尤。只是现在东王为众兄弟姊妹赎罪，罹患眼疾，咱们应该上下齐心为东王祈福。我只怕姊妹哭闹之声、棍棒肃杀之气不利于祈福，万一上头怪罪下来，咱们也不好说。”

何大妹犹豫一下，放下了鞭子。虽然她心里恨恼之至，无奈上司发话，只能暂且按捺住怒火。

朱九妹又令善祥母女两个跪谢何大妹不打之恩，善祥虽然勉强跪了，脖颈却还是硬硬的，那眼神里的东西让何大妹心里一凛。

四月，天王府的建造工程开始了。天王宫殿规模宏大，气势雄伟，东至黄家塘、利济巷，南至大行宫长街，西至西箭道，北至杨吴城濠，天京城里万人投入工程，老幼妇孺无不上阵。

从女馆到西华门三里，从西华门到制台署天王府工地五里，善祥熟悉这路上的一草一木、一匾一瓦，因为那些日子，她们每天搬负城砖往返十数次，就是在这条路上。

深一脚浅一脚地走在这路上，历尽体肤筋骨的劳苦，亦深悟柔弱之躯的悲哀。城砖厚重巨大，每人每次要搬负十块，她咬着牙，一点点地挪，却不能停下歇息，监工的女官举着鞭子，随时都有理由落在身上。所以无论多疲敝，背负了就只能往前。有一次她偶然抬头，望见前方有个背砖的女子，肩上殷红一片像是穿了红夹袄，定睛看时，才知那是磨出的血，一大片惊心动魄地濡湿了衣裳。

城砖好像永远也搬不完，天天搬，还是堆积着像高耸的山，路好像永远也走不完，前面似乎永远都没有终点。超过身体负荷的劳役，时时让人感到迷糊和幻灭，然而善祥无暇抱怨，抱怨也需要体力。

最艰辛的是缠足的娘。她一辈子信奉与骄傲的三寸金莲，在这场劳役中却成为最大的痛楚。她哪里想象得到，千万个像她这样半辈子不出闺门的女子哪里想象得到，这双可怜的小脚，有一天要这样长途跋涉，会这样举步维艰。

得罪了何大妹，便预料到她会处处为难。果然，何大妹派给她们的路程最是偏远难行，定额也比别人繁多，口粮也时时减扣，又时时虎视眈眈，预备挑刺报复。母女三人只能忍辱负重，处处小心，但求不落一丝把柄。

善祥每次帮娘多搬四块城砖，菀祥每次帮娘多搬两块城砖。菀祥常自嘲："幸好我当初没吃那包妙莲散，如今看来，还是调弄一剂大脚散有用，若成了，就给咱娘第一个试。"

娘只在一边苦笑，她总心存歉疚，不安于自己的无用，拖累了两个女儿，纵使小脚行走创痛钻心，也从来不声不响，最多叹一句："人啊，哪里敌得过世道？"

敌不过世道，有人选择低头，有人选择放弃。这天夜里，刚刚过了三更，外面传来彩萱撕心裂肺的哭号，原来她夜里醒来小解，发现彩芸的床铺空着，走出来，门厅梁上赫然挂着个人，彩芸吊在上面，身体已经僵冷。

她实在熬不下去了，身子骨本来就单薄，足又缠得小，别说十块砖，就是一块砖都搬不动，让她往返这十几里是要了她的命。偏偏何大妹对缠足姊妹全无体谅，两广客家妇女向来天足，行走劳作与男人无异，因而对江南女子的缠足又是讶异又是讥嘲，总觉得她们肩不能挑手不能提，甚至连路也走不了，是装模作样，是娇气懒惰，又恨她们行动迟缓效率低下，延误工期招致上面怪罪，所以责罚起来特别重。就是前一天晚上，彩芸因为无法完成定额被何大妹打了几鞭，临睡时仍在被窝里嘤嘤地哭，不知她哭了多久。收拾遗物时，彩萱摸一摸枕上还是潮的，更是悲戚。哭声揪心，女馆姊妹无人不落泪。善祥望望大门，犹记得那次彩芸站在门边，远远望着相公和幼子垂泪，这以后阿生再来找娘，声声求她抱一抱，却是再也不能了。

四月多雨，下雨的日子不必出工，本以为可以喘口气，谁知上头生怕她们闲着生事，又派下新花样，要每人每日交活小鼠一对、臭虫四对。众人只得从早到晚翻砖揭地，四处寻找小鼠臭虫，一旦有些许线索踪迹，各人为完成自己的定额，又蜂拥争抢，甚至大打出手。善祥母女三个落于人后，看得瞠目结舌，善祥叹道："看来要在这个世道生存，我们以往所学都是一无所用。"菀祥却笑道："一无所用的是你们，抓个小鼠臭虫，我倒有的是好办法。"

她的确有好办法，也不知用了什么药草，燃起来有一种橘子皮的气味，约莫一炷香的工夫，便见十多只大鼠小鼠喝醉了酒般，摇摇摆摆地自走入笼里，懒得把多余的老鼠挑出来，一并封了笼子交上去。臭虫更好办，在床底下撒了一串不知什么粉末，床板墙壁的臭虫便纷纷坠下，简直得来全不费工夫，顺带连其他姊妹的份额也包办了。

菀祥帮大家轻轻松松完成了定额，就赚下了大把空闲，众人苦中作乐，或于院里摘花插鬓、泼水嬉戏，或从包袱里翻出鲜亮的裙子，各自交换了穿，在镜前推来照去。因太平天国不许妇女穿裙，平日衫裤也只准蓝黑二色，与男子无异，爱美的女子早就耐不住了。难得女馆里有些笑声欢颜，人人心情愉快轻盈，一时间都忘了平日的艰苦压抑。菀祥见彩萱独自郁郁，便强拉她过来一起玩，让她半躺着，在脸上试用“金国宫中洗面八白散方”。善祥和娘对面坐着给鸾祥写信，娘说一句，善祥写一句，纸短情长，不知不觉已经写了五页纸。

何大妹母女听得馆里笑闹吵嚷一片，心生好奇，也想凑个热闹，谁知姊妹们对她母女素来惧怕厌憎，一见她们来了，顿时鸦雀无声，脸上一副嫌恶神态。母女俩讨了个没趣，心里好不羞恼，索性发作出来，便拿为首的善祥、菀祥出气，要善祥冒雨去圣库领米，却不一起交代清楚，湿淋淋领了米回来，又要她去领灯油，领了灯油又要麻线，如是三番五次，直把善祥折腾到天黑才消停。她们见菀祥捉鼠有方，以为她懂得什么巫术，又怕又疑，便将菀祥锁进一间厢房，将这几日抓到的老鼠尽数放出，要菀祥全部杀掉，她母女二人则守在窗后，窥伺菀祥如何变法术。

可怜那菀祥，站在屋子中央，周围是大群又惊又饿的老鼠，它们跑着窜着，撞击着，发出刺耳的叫声。菀祥不知所措地躲着，闪着，后退着，不小心踩到了一只，那只鼠急了反咬一口。她尖叫着，更大声地尖叫着，竭尽全力地尖叫着，终于在这尖叫中号啕大哭起来。

菀祥病了，一个人弱弱地躺在床上。这日天已放晴，众人又要赶早去西华门搬城砖，娘将水和粥放在床边，百般不放心，出了门又折返回来。那何大妹总疑心菀祥的病是装的，也沉着脸过来查了几次。菀祥闭着眼，谁说话都一概不应答，真想就这么一直闭着眼，她什么也不想看，什么也不想听。

昏昏沉沉半日，忽然听到高窗外似有人低声唤她，一直地唤，不依不饶。她百般不愿地睁开一线眼，却见窗上那人是吴长松。吴长松爬在树上，半个身子探在方窗里，又得时刻提防下面有人经过。

“菀祥，你听六哥说几句话。”

菀祥睫毛一眨，眼泪掉在枕上：“六哥救我！”

“你再忍耐几天，我已上书殿前丞相钟芳礼，跟他说织机业是天京主业，居民大半熟识这行，如果能召集几千人专门干这个，各个王府的穿戴绸缎就都有了。”

菀祥有气无力地听着。

“钟丞相准我建立机匠衙，还说要推举我做总制。最迟下个月就开始募人，到那时我将你和夫人还有二小姐，一起招入机匠衙，到那时就不必如此劳苦，也另有补贴，还能到城外走动。”

菀祥的双眼没有一点儿神采。

“你再忍耐几日，再忍耐几日就行了。”

“我忍耐不了几日了，我也等不到那天了。”菀祥哭道，“等不到那天我便已经死了。你好好地再看我一眼吧。”

吴长松见她哭成这样，又急又痛，心都碎了。而除了说些“再忍耐几日”的话他又能如何，眼见远处有巡查队伍过来，不得已只好匆匆爬下树，一路黯然跑开。

菀祥哭了半日，自觉泪水已干，而腹中饥饿尤甚，便起来喝了半碗冻糙米粥，自言自语道：“谁也不能仰仗，我只好仰仗我自己。”

她好起来，变得比以往沉默，不爱说话，总是自己一个人待着，连娘和善祥也有意避开。最先觉察到菀祥改变的，是何大妹。有天早上盥洗，菀祥低着头走来，有些害羞地把一包粉末递给她。

“管长贞人，我制得一包醒头香，不敢独享，特意献给贞人。”

何大妹狐疑地看着她。

菀祥慌忙解释：“只要将这香掺在发上，略停片刻再梳头，便可以祛风、清头明目，还能让头发芳香。”

何大妹仍不动。

菀祥知她不信，便打开纸包，取出少放在自己发上：“您看，这样用来，很是方便，我真是一片诚心献给贞人。”

何大妹戒备重重，那李玉芬已经忍不住了，少女爱美，她早就对菀祥的那些香啊、粉啊艳羡不已了，此时当然要急着试用，梳了几下，果然如菀祥所说般好用，欢喜连连，便不客气地收了。又问菀祥的方子里可有洗头去垢的，可有洗面去斑的，可有治齿黑重白的，菀祥一一点头说有：“我还有天下第一洗手药，用后让你双手香软洁白，还有赵婕妤秘丹令颜色如芙蓉散，睡前敷面，次日用桃花汤洗去，光彩宛如初日芙蓉。”李玉芬喜不自胜，连连要菀祥制了给她。菀祥只说工艺不难，难在日日搬砖没有空闲，李玉芬便央求母亲改派菀祥留在馆里打扫，何大妹拗不过女儿软磨硬泡，只好依了。

自此菀祥便与何大妹母女越走越近，又怕何大妹她们不喜欢，亦刻意疏远了母亲和姐姐，吃饭走路都坐开一边，后来连床铺也搬到另一厢房。善祥初时难以理解，总是过去喊她，菀祥只冷冷不搭理，娘多少猜到些什么，唤善祥回来，也不多说，母女二人都感到有些伤心。

得到何大妹的信任，菀祥得以免除过重的劳役，还常被派去各营传个信送点东西什么的，一来二去，就和卒长朱九妹熟识了。朱九妹谦和友善，菀祥望之可亲，又感激上次猪脚事件她出言相救，两人言谈相契，都有闺中知己的感叹。这一日，菀祥解下随身佩戴的香囊，这是她最心爱的香囊，精致华美，用料自是极珍贵稀罕的，双手交与朱九妹。

“卒长贞人，我这香囊世上罕有，是菀祥最珍爱之物。”

“真是美轮美奂。”

“卒长贞人若不嫌弃，就请收下吧。”

“这可使不得，这是你最心爱的东西啊。”

“菀祥对贞人一片敬爱之心，只有这香囊聊以表达。”

“菀祥不必多礼，你我言语投契，相见恨晚，我一直视你为自家姐妹。”

“那我就斗胆叫你一声姐姐了，朱姐姐，你不知我多想认下你这个姐姐！”

就这样，菀祥和朱九妹义结了金兰，亲密友爱更胜亲生姐妹。此后行走营中，人前人后，菀祥总是一口一个我朱姐姐如何如何，倒像是把自家姐姐给忘了。如此一来有卒长做靠，连何大妹母女也不由得敬了她三分。

不多久，建造已成的天王宫殿忽遇大火，烧去楼房数间，因天王府圣天门以内不许男丁踏入半步，天王便令木匠将房架造成送入，并从各女营招募一批女官入宫当差。朱九妹被选中，也有意提携菀祥入宫，菀祥思前想后，决定跟她同去。

临行前一晚，菀祥端了米饭和油豆腐各一碗，来到娘和善祥桌前。她已经好些日子没过来一起吃晚饭了，朱九妹那边的伙食配额稍胜一筹，有干米饭，有新鲜时蔬，偶尔还能见荤。

善祥低头喝着碗里的糙米粥，假装没看见她，娘挪了挪凳子，让菀祥坐下。

“娘，二姐，这米饭豆腐是留给你们的。”菀祥细声说道。

“我饱了。”善祥淡淡地说。

“你怎么不吃呢，你也还没吃吧？”娘关切地望着菀祥。

“明早我就进宫了，天王宫里还愁饿着吗，今晚不吃一顿又何妨？”菀祥故作轻松地说。

善祥讥道：“这以后可日日有肉吃了。”

菀祥笑道：“是啊，猪肉、牛肉、鸡肉、鸭肉、鱼肉，样样都有的吃了。”

“恭喜你飞上枝头变凤凰了。”

“那可不，说不定天王看上我，不小心做了王娘呢。”

“娘娘千岁，民女失敬啦！”

“本宫念你无知，暂且恕你无罪吧。”

两姐妹斗着嘴，忽地被娘一句打断：“这以后再想见你，要到什么时候呢？”

大家默然，良久还是默然。

忽然菀祥扑通一声跪下，恭恭敬敬给娘叩了个头，含泪说道：“女儿不孝，暂且只能自保。等我进了天王府，定要事事努力，博得个出头的机会，再回来解救娘和二姐。”

娘没说话，眼泪一直掉。

这晚，母女三人抱头痛哭了一场。

透过窗子上的黑色铁栅枝，望见天上一轮圆月，那是被铁栅枝划开几块的月亮，爹一块，鸾祥一块，她们一块。

而从此以后，菀祥又分走一块。

九、就可以不承认那场大火

绣锦营八千女绣工，真正顶尖的好手也就是两三个而已。

总制胡九妹对鸾祥总是笑脸相迎，从不让她熬夜赶工，许她独住一个清静的厢房，衣物用品、吃的饭菜也比别的姊妹格外好些，隔三差五还会多多少少赏赐些小物件。胡九妹的丈夫陈宗扬位居冬官又正丞相，在东王府里担任承宣，这种精美的小物件可谓唾手可得，胡九妹拿来做个小恩惠，也赚了个顺水推舟的人情。

鸾祥是天国绣锦营最好的绣手，这已是毋庸置疑的事实。天王金冠上的双龙双凤、满天星斗和一统山河，东王金冠的九节双龙、单凤栖于云中，北王的九节双龙、单凤栖于山冈，翼王的九节双龙、单凤栖于牡丹花上，还有诸王风帽、凉帽、龙袍、马褂、缎靴上的各式金龙，只有鸾祥才能绣出那奕奕神采和煌煌气派，别人的绣工差得不是几个等级。营里之前有个梁监军被责二十大板，就是因为她手下绣工把东王袍上的一条龙须绣得半死不活。而胡九妹也正是因为有鸾祥这个好绣工，绣品屡屡受到上面嘉奖，才这么快从监军升到总制的。

从监军迅速升到总制，激发了胡九妹的企望。她有意笼络鸾祥，也是为了能借着鸾祥再立奇功，一路升迁，最好能在东王府里得个官职，大小不拘，只求能和丈夫陈宗扬离得近些。虽然同栖同飞是不可能的，但至少能天天看见，这总可以排解些相思之苦吧。

想当初他们夫妇在金田跟着天王起事，前后也差不多快四年了，这些年夫妻二人有过颠沛流离，有过出生入死，有过踌躇满志，有过扬眉吐气，只是未曾有过一晚欢爱。当年天王在军中分男营女营，是为创业之初，必先有国而后有家，先公而后私，而东王在永安也曾许诺，打下小天堂天京，就准各兵士合家团圆，他们夫妻上阵杀敌，豁出了性命，不也是为了这一天吗？

可是进了小天堂，东王又改了口，说什么待天下一统，自然完聚。天下一统还得多久啊？直让人等得心都死了。夫还是在男营，妻还是在女营，仿佛银河两岸的牛郎织女，遥遥相望不能亲近。“不对，”她总是带些负气地说，“人家牛郎织女一年还能见一次，咱们是永远碰不得。”

“哎，现在不是可以碰一碰吗？”陈宗扬总是嘻嘻地笑，觑见四周无人，才敢匆匆地拉一拉她的手。

“哼，听说蒙得恩又选了十五个美女献给天王他们。这事情不公道，他们饱汉子撑得要死，哪里管我饿汉子煎熬？既然说大家同是上帝子女，要饿就该一起饿着。”

“傻妹子，你算什么饿汉子，饿汉子明明是哥哥我。”陈宗扬叹口气，“有什么办法？天国上下也就是这几个大王才有特例，就连燕王秦日纲，不也是前些日子才获准婚配吗？想开些吧，那些功勋高的靖胡侯、定胡侯、平胡侯，就算穿得多少黄马褂、黄龙袍，坐得多少抬大轿子又如何，不也是和我一样孤身寡佬？”

“我才不图什么侯什么爵，早知如此还不如留在广西种田，两夫妻双宿双飞，给我神仙也不做。”

“嘘，你可莫要乱说，小心人家听见。”陈宗扬忙掩她口，“好了，我得走了，不然被巡查看见就坏了。”

夜色里，依稀见到街角的大梧桐树摇晃了几下，未几，匆匆滑下一个男人，蹑着手脚快速地消失在街道转角，过了一会儿，又慢慢滑下一个女人，动作轻捷地向绣锦营后门走去。这两人正是陈宗扬和胡九妹，他们每七天在树上约会一次，每次不超过半个时辰。饶是如此，也冒了很大的风险，要知道天条第七款规定，不好奸邪淫乱，凡夫妻私犯天条者，男女皆斩。天王对此时时严查，犯者一经查出，立即严拿，斩首示众，绝无宽赦。鲜血淋漓的先例，不是没看见过，早两天梁郭溱、韦大林夫妻同宿案刚刚斩首游街，鸣锣示众，他们怎么能不害怕呢？

可是，还真有不害怕的。

鸾祥吹熄了灯，和衣躺下，忽地听到窗外有几声蛙鸣。她没在意，翻个身正要睡去，那青蛙却叫得更大声了："呱呱呱——娘子——娘子——呱呱呱。"

鸾祥的心咚咚地跳着，搬张椅子在窗边，爬上去向外一看，窗底下蹲着个黑乎乎的人影。淡淡的月光下，那人抬头一笑，鸾祥差点叫出来。

鸾祥慌忙开门让他进来，也不敢点灯，就着窗外的一点儿月色，见到相公戴孝常扮作女装模样。因天国男女皆包灰蓝头巾，衣裤也差别不大，孝常又生得面白无须，容貌秀美，乍一看去还真像个姊妹。他说诏书衙清闲无事，他一连几日在绣锦营外头行走察看，晚间混在搬运布匹的女子中进来藏着，至夜深人静才敢过来找鸾祥。

鸾祥又惊又喜，两人不说话，只紧紧相拥，紧得鸾祥喘不过气来。真希望光阴就此停住，月亮挂在天上不行，太阳不再升起，人们长睡不醒，他们在夜的怀抱里，她永远在他的怀抱里。

"你胆子太大了，这是要犯天条的。"

"太想娘子了。"

"这是要杀头的。"

"实在太想娘子了。"

"今后万万不可这样冒险了。"

"想你想得没有办法。"

四更前，鸾祥悄悄送孝常翻后墙出去，回来忐忑不成眠，竖着耳朵，街上一阵脚步、一声犬吠也让她心惊肉跳。直到第二天风平浪静无事，一颗心这才落地。

谁料这痴郎君，隔了十天半个月，又不怕死地摸进来，鸾祥半是喜半是忧，偏怎么劝他也止不住。如是数番，担惊受怕里竟然发现自己有了身孕。这可不是让人哭笑不得。嫁入戴家七年，为子嗣求神告佛吃遍偏方而不得，婆母为孝常纳妾五年也不得，上天弄人，偏偏在这个时候让她有了戴家的骨肉。眼看着肚子一天天地大起来，遮掩下去始终不是办法，鸾祥又怕又愁，心乱如麻。

胡九妹终于觉察到这个秘密。

鸾祥这段时间总是一副疲态，吃饭的时候又常犯恶心，躲在外面干呕。胡九妹怕她身体不适，会耽搁了绣工，便着意嘘寒问暖，鸾祥的神色慌里慌张，实在让人犯疑。

这晚胡九妹和陈宗扬在树上幽会，陈宗扬说这几日东王广罗珍奇器物装饰多宝楼，有人凭借一幅字画就能升个丞相，现在楼里什么都全了，就差中堂一幅织锦图，献锦的人不是没有，都不合东王的意，东王爱的是江天霞彩图，说这般才能显示出天高地阔的气象。胡九妹说那可不是一般难，霞彩怎么绣得出，绣出来的霞彩就不像霞彩了。陈宗扬说可不是，所以中堂那块就空着。

梧桐树高，绣锦营后院一览无余。正说话间，胡九妹刚好望见戴孝常从鸾祥屋里出来，她一眼看出这人不是营里的姊妹，再看走路攀墙，明明是个男人。胡九妹恍然大悟，忙指给陈宗扬看，陈宗扬骂了声好大胆的狗男女，即刻要跳下去捉奸。

“你这不是贼喊捉贼，大半夜的，咱们又在干什么？”胡九妹拉住他。

“咱们什么也没干成！”陈宗扬愤愤不平，“这狗男女好不要脸，连孩子都干出来了！真是无法无天，老子脑袋揣在裤腰上打江山，自己的女人不能碰，他奶奶的，这些孙子却每晚风流快活，真是撑死胆大的饿死胆小的！”

他越说越怒，压抑了多少日子的愤懑不平此时都涌上心头，执意起来，定要下去捉拿奸夫淫妇。

胡九妹拦他不住，只好求他饶了鸾祥这边，一来营里少不了她，自己也得靠她立功；二来是绣锦营的人，出了事上下脱不开干系。陈宗扬应允，一溜烟下了树，跟踪戴孝常回到诏书衙，不待进门，已喊人绑了先狠狠打他一顿。

胡九妹回到营里，心里忽生一计，便趁夜来敲鸾祥的门，果然见她衣衫不整，仓皇不安。胡九妹关好门，神色严厉地看着鸾祥。

“你还不赶紧跪下。”

“总制贞人，鸾祥不知何罪？”鸾祥的声音微微发抖。

“你还不老实招了，让我看看你的肚子。”

“总制贞人开恩！”

“这次你闯大祸了，刚才翻墙出去的那个是谁，别装不知道。夫妻私犯天条者，男女皆斩，我可保不住你。”

“贞人开恩，贞人救命！”

“能救他的只有你自己，求我没用。”

“我什么都愿意做，贞人你说，要能救他我死也愿意！”

“你死有什么用，你肚子里的孩儿怎么办？他也不愿你为他死。”胡九妹缓和了语气，“有一件事，你若能做到，你们夫妻都能保命。”

“贞人请说！”

“东王府里造了座多宝楼，中堂还差一幅《江天霞彩图》，如果你能绣成这幅图，东王不仅能免你们死罪，还会大大有赏。”

“可是霞彩难绣，绣出来大家也一定当作是云啊。”

“会比死更难吗？”胡九妹冷冷地说，“时间紧迫，我只能给你一天一夜的时间，你看着办，我只能帮你到这步了。”

只有一天一夜的时间，鸾祥用冷水洗了把脸，清冷冷地打了个寒战。无暇犯愁，她得赶紧下针刺线，越是紧越是乱，手指连连被针刺了几下，也不知道疼。

胡九妹自以为得计，马上找人捎信给陈宗扬，要他好好看管戴孝常，哪知陈宗扬传信说戴孝常是纸糊的秀才，昨夜打了一顿今早就不行了，中午便抬出去草草埋了。“定是他荒淫过度伤了身子，哪有这么不禁打的？”陈宗扬还愤愤不平着，“这算是便宜他了，做个风流鬼，死前也是个饱汉子。”

胡九妹暗叫不好，心里难免愧疚，然而转念一想，他们夫妻犯天条本是要双双斩头的，如今我总算能保住一边，也算是救了她母子，便心安理得了。又刻意瞒骗鸾祥，说孝常现关在东王府里，她嘱人好好招待着，却难保一天一夜后是死是活，极力催鸾祥赶工。到了晚间来看，不由得心底一凉，那鸾祥只是痴痴地发呆，送来的午饭一筷子也没动，早就冷透了，织锦上半片彩霞也没有。胡九妹叹了口气，转身就走，心想也罢，明早上顺理成章告诉她戴孝常死了，这可怨不得谁。

房里的灯亮了一夜，没人知道鸾祥是怎么过来的。

第二天早上，胡九妹推门来看，房里静悄悄的，鸾祥疲惫至极，衣带不解地倒在床上睡了，转头再看那幅织锦图，胡九妹震住了。

没人会想到，傅鸾祥能用这样的方式，成就一幅《江天霞彩图》。

然而你不得不承认，没有比这更好的办法，没有比这更巧的构思，没有比这更壮丽秀美的江天霞彩。

是的，霞彩是不能绣的，绣出来就成了彤云。何其聪慧的鸾祥，她裁了湖绿色的缎作河流，剪了褪红色的绸作霞彩，两块绸缎中间，绣上青青的山峰、郁郁的树木、雪白的飞鸟，既点出了意境，又遮掩了绸缎拼接的痕迹。

这是绣，更是画。光闪闪的绸是彩霞满天，滑亮亮的缎是碧波荡漾，绣的底色从来只是映衬的布景，她竟敢让它们变成大幅的主题！她好大胆，她竟想得出来！

娘看着善祥的鞋。

这段日子苦于奔波劳役，她的鞋帮绽开了个小口子，鞋头也裂了线。怎么说也是个诗礼世家的小姐，落魄到这个地步，让做母亲的心感到格外酸楚。

善祥察觉到母亲的目光，不由得往回缩了缩脚，这个动作是从小到大的习惯，她唯恐娘又在嫌弃这双大脚。其实这段日子，她和娘的关系有了微妙的变化，虽然口里还是习惯叫夫人，心里那层冰却早融化成春水。每当夜深人静时，总想起那天母亲像大鸟一样飞奔护她的情景，有些想笑，却更深地想哭。在这广漠寂静的夜里，听到母亲近在咫尺的呼吸，觉得世间没有什么可怕的，觉得有娘的人真好。她想自己比鸾祥和菀祥更有福气吧，至少这一刻母亲是她独享的，这个有点儿自私的念头让她羞愧了一下，但还是公然快乐了很久。

“这双鞋该换了。唉，当初离家急，你的新鞋我已纳了一半的底儿，好像落在哪口箱子里了。”

“我的鞋不一直都是吴妈做的吗？”

娘沉了脸：“是，都是吴妈做的，那些茉莉百合栀子花也全是她绣的，你去找吴妈要鞋穿吧，吴妈自然比我更疼你。”

好好的一句话就生气了，善祥真是纳闷，这晚，娘儿俩又好像回复到以前，憋着一股劲似的，谁也不说话。吃完饭，一转身的工夫，又不知娘去了哪里，出去了半天不见人，也不告诉她一声，善祥叹气。

何大妹悄悄尾随，跟着善祥娘穿过一条街，拐了个弯，再走上一段路，停在一户人家门前。缠脚女人走得慢，慢得让跟踪的何大妹不耐烦，这么近的一段路也要歇上好几回，真是个没用的。此时善祥娘回头看看四周，何大妹赶紧蹲下，见她这才摸出钥匙开了锁，熟门熟路地走进去，看来这里本是她的家。

何大妹留意她有一段时间了，隔上十天左右，选准晚饭后管得不严的时候，就偷跑出来一次。却也不是逃走，谅她没那个胆子，更没那个体力。然后过半个时辰左右，又悄悄地溜回来，以为别人没发现。

何大妹蹑手蹑脚推开门，遥遥看见厅里亮起一星火，便伏在窗下偷看动静。只见善祥娘翻箱倒柜地在找东西，难道是私藏了金银珠宝？好大的胆子！谁知翻了半天只找出些针线鞋底之类的，在袖子里收好。又寻了块抹布，平白无故地在厅里擦来擦去。其实这厅里的桌子椅子早搬到圣库去了，只剩下个神台、两张条凳、一个花盆、一幅字画而已，饶是如此，她也擦了半天，让人看得好不无趣。

总算擦完了，她跪在神台前的砖上，不知动了什么机关，神台上的木牌竟开了个小门。何大妹看得心里扑通扑通跳，却见她从小门里请出一尊白玉观音像，恭恭敬敬地摆正，又拿出三根香奉上，这才跪下来，双手合十，端端正正地叩了三个头。

“大慈大悲救苦救难观世音菩萨，求菩萨保佑我家老爷早有音信，早日还家，在外衣食不缺，贵人相助，路路通达，无病无灾；求菩萨保佑我家鸾祥和姑爷早日团圆，得生贵子，福寿康宁，平安喜乐；求菩萨保佑我家善祥姻缘美满，福寿康宁，平安喜乐；求菩萨保佑我家菀祥姻缘美满，福寿康宁，平安喜乐。”

这般求了一圈，她又深深地叩了三个头，忽然又合起双手道：“大慈大悲救苦救难观世音菩萨，求菩萨保佑我家老爷暂且在外避避风头，先别急着回家，不是不想他回来，只为家里世道不好……”

话未说完，咣当一声门响，何大妹已大步闯进来，善祥娘慌忙站起，挡住神台上的白玉观音。

“你真真是不想活了！我天天教你们诵《天条书》，你说第二条是什么？”何大妹怒气冲冲。

“第二条是，是不拜邪神。”

“你知道你犯下死罪了！”

“管长贞人，观世音菩萨怎么会是邪神？她真真是大慈大悲救苦救难的好神仙啊！”

“你还不知悔改，真是要把我活活气死！天父皇上帝给你吃给你穿，将来还要带携你上天堂，你对天父有异心，会被鬼缠！死时被鬼捉！”

“贞人明鉴，贱妾拜观音菩萨在前，敬天父皇上帝在后，天父固然要诚心敬奉，但贱妾从前几十年吃斋拜菩萨，也算心诚求灵，如今轻易改了主意，岂不是背信弃义？天父英明，也不喜人言而无信吧。”

“呸呸呸，这满嘴的妖话胡话！我要教你认识上帝纲常，哪有什么菩萨保佑，没有天父赏赐，你想有今天的太平好世道？”

“我也说句实在话吧，哪有什么好世道、坏世道，碰上什么世道就是什么了，投胎还有的挑地方吗？”善祥娘眉宇间一抹凄然，却也不甚惧怕。也许是因为在自己家中，自有一种主妇的高贵，这让何大妹的气焰不禁低了几分。

“你……你还不快砸了邪神像！还不快求天父恕罪！回去我一样一样跟你算账！”

“贞人，我那对家传的金镯子，上面镌着观世音菩萨六字大明咒，你收了也有些时日了，天父不是也没有怪罪你吗？当然这事也就你知我知，贞人放心，贱妾不是惹是生非的人，有些话会让它烂在肚子里。”

何大妹脸上一红，不禁语塞。

两人各怀心事，表面却装作无事，一前一后走回去。回到女馆，何大妹只是脸色发黑，什么也不说。娘从袖里取出做了一半的鞋，故意在善祥面前引针纳线，善祥讪讪的，有点儿不好意思。

半夜里街上突然吵嚷一片，脚步杂沓，夜空中隐隐发红，说是什么地方失火了。娘没来由地忧心忡忡，总觉得是家里那边，又疑心昨晚离开的时候没有吹熄灯火，又觉得不可能，明明是吹了的，街上走的时候她还回头望了一眼，屋里是黑的。当时何大妹还抱怨她的小脚长得像羊蹄，慢得像牛蹄。

大火烧了一夜，天亮才被救熄。去圣库领米的人回来说，起火的正是钞库街，烧了一排房子，幸好里面都没人住。娘的心乱了，恨不得马上就去看看，好不容易等到傍晚，瞥准何大妹不在，悄悄出门。走了不多远，忽见何大妹从前面迎来。

“不用看了，你家的房子已经烧完了。这样也好，从此你就一心一意敬拜天父，不必被邪神迷住，也不用总想着往家跑，老老实实待在女馆里就对了。”

娘双腿一软，扶着墙才没瘫在地上。“老天啊——”她哭也不是哭、喊也不是喊地哀哀惨叫一声，“我造了什么孽啊——”

“你房子烧了有什么，当年我在广西跟天王杀妖，不也是一把火烧了自己的茅屋就走？就算你的房子比我的好些又怎样，烧完了不都一样？”何大妹叉着腰，滔滔一气地说话。

“不一样的，不一样。”娘喃喃地仿佛呻吟。

“不一样又怎样？你以为人穷人富是生定的吗？终须有日龙穿凤，不信成世裤穿窿！我们东王从前还是烧炭佬呢，现在不也穿龙袍吗？你好命生来不用做田，要是给我不做田也一身细皮嫩肉不输你！你从前穿绫穿缎、大鱼大肉享的富贵也够多了，如今吃得这一点点苦就赖在地上哭，那我从前吃那许多苦又去哪里哭！”

“可是你放的火吗？”

“呸呸呸！你哪只眼睛看见我放的火？我说这是你自作孽，你不听我劝，信邪神，走邪道，天父这是发怒了烧你的屋。你再不好好拜天父，下次就要你的命！走走走，跟我回去，下次再到处走，我的马鞭不认人！”

娘和善祥再没有回去看，也尽量不去提。这念头是很自欺的，没亲眼看见烧毁的家，就可以认为一切都照原样在，就可以不承认那场大火。家还在那里，她们随时可以回去，虽然她们不回去。

这件事给娘的打击有多大，显而易见。善祥发现她的白发迅速多起来了，简直是一个早上醒来，左边鬓角已经变成花灰色。她终日少言少语，萎靡消沉，和善祥说话，来回总是一句：“你爹爹回来，我怎么跟他交代？”善祥费心安慰，她半个字也听不进，只是摇头摇头，善祥只能徒然望着她的鬓角从花灰渐渐变成花白。

只有收到鸾祥的信时，娘才有一刻舒心。鸾祥的信不长，但总是充满了温暖的希望。她说总制优待她，吃住都很好，自己也长胖了。她的绣品因为手工出色，得了不少赏赐。这次一幅《江天霞彩图》东王很喜欢，又赏了不少东西，她好好收着，将来分给娘和妹妹们。孝常在诏书衙也很好，虽然不能相见，却有书信互报平安，让娘放心，并保重身体。

“告诉鸾祥，咱们一切都好。”娘略略沉吟说道，“能吃饱，也有肉吃，管长贞人柔善慈祥，常常体恤我们老小，需要什么圣库自会供给，活计也不辛苦，都能应付得来。众姊妹女馆里面住着热热闹闹、欢欢喜喜，总比家里冷冷清清的要好。”

善祥提笔不动，心里忽然有个念头，但愿鸾祥写信的时候不会和她们一样想法。

“你写呀，发什么呆啊？”娘催着，“照我说的写就是，不要让你大姐担心。”

她脸上的表情是那么忧伤黯然，和嘴里说出的平安满足成为一种鲜明的对照。

十、你平生最恨的，今天可要感谢它

江南闷热潮湿的夏天里，娘迎来她生命里最屈辱的日子。

六月，天朝昭告天下，着令天国妇女禁止缠足，已经缠足的要立即拆除脚带，违令者立斩其足。

何大妹兴致勃勃地在馆里巡来巡去：“天王圣明，早就该除掉你们这些羊蹄子缠脚布，走又不能走，能走又走得慢，什么工期都耽误了，真是没鬼用！如今可好了，人人变大脚，大脚大步行，再不用缠来缠去别别扭扭！”

她把马鞭伸开又卷起，厉声呼喝道：“动作麻利些，违令者斩脚，没听见吗？我看谁是不要脚的！”

馆里响着窸窸窣窣的除鞋解布声，夹杂着一两声压抑的抽噎。这些日子她们已经习惯了隐忍和服从，习惯会让人变得麻木。

善祥悄悄地背过脸，她不敢去看娘的脸色，更不忍去看娘解开缠脚布的样子。想起自己幼时对缠足的誓死抗争，此时应该感到庆幸，她那么痛恨这肢体的虐残，此时应该为终于到来的禁缠令欢呼。可是，没有。

匆匆地回头一瞥，娘紧抓着一件衣服遮掩双脚，一脸的茫然和难堪。这难堪真是让人刺痛，善祥平生第一次为自己的大脚而愧疚，如果自己也缠了足，至少此时不会让娘落单，这难堪便可以陪她一起承受。

何大妹他们不知道，缠了几十年的小脚已然定形，江南妇女的小脚永远也不能变回大脚了。而失去了缠布的支撑，缠足妇女十趾抵地行走，顷刻就会浮肿变形，奇痛钻心不已，别说大脚大步行，甚至连寸步也行不得。何大妹不懂也不管这些，她只知道她们太慢、太懒、太娇气，她只管扬起鞭子狠狠打在落后者的脚上，她们尖厉的惨叫给她一种奇异的快感，每隔一段路她就想听。

打人是会上瘾的，鞭子就在手里。

挨打的人越来越多，远远望去，这支踉踉跄跄的队伍哀泣地行进着。

有人夜里偷偷缠上脚布，让何大妹拖出去打断了脚筋，所有的缠布都被搜出来剪碎。只有娘随身偷藏了两卷，藏着有什么用呢？可她就是不听。有人脚肿难行，步履维艰，在雨后的滑石上重重摔倒，摔倒了就再没爬起来；想从西城门逃脱的彩萱，刚跑了二里路就给人抓回，何大妹把她吊起来打，饿了两天奄奄一息，还扯下绣鞋，让众人评点她异形的小脚。

“这是妖的脚，妖怪脚，丑死了！难怪你们一个个要变妖！”何大妹一脸厌憎地说。

“真不如死了吧。”娘轻轻地说给自己听，她的眼里没有一点光。

娘的脾气越来越古怪。这段日子何大妹派她们出城割稻，早出晚归，路程坎坷难行，娘的脚虚肿得厉害，全靠善祥搀扶才能行走，她却时时要挑些刺来，一会儿嫌善祥走得快，要累死她，一会儿嫌善祥走得太慢，分明是想惹管长的鞭子。善祥耐不住道：“你知道累，可知道我比你更累。”她便恼起来，使力挣脱善祥的手，非要自己走，勉强走了几步就不行了，身子歪歪斜斜地要倒，善祥赶紧又上来扶她。

“你娘就是个废人了。”她伏在善祥肩上，虚轻得不像人的身体。

“别这么想，你不是教我们说，暂且平安保身，等待好时机。”

“成了这个样子，哪里像个良家妇女，还有什么脸见你爹？”她的泪滴在善祥衣服上，“想我当年缠的那双好足……”

天气炎热异常，善祥快喘不过气了，她的肩膀已经湿透，不知是汗水还是娘的泪水。抬起头看天，日光刺得人睁不开眼，她好想拼命地喊出一声来。

终于，好时机似乎要来了。

这天晚上，菀祥从天王府托人带信来，说东王近日将要开考女试，选拔女簿书进入东殿六部，现已令人于各馆寻访能文女子，叮嘱善祥务必抓紧时机报考。

这真是让人又惊又喜的消息。

开辟鸿蒙，几千年从没听说哪朝开过女试。女子弄文诚可罪，二十多年来，在种种非难诟病里孤独对抗，怎样也不肯放下手中书卷的傅善祥，终于等来为她准备的时机。

娘似乎也有了点儿精神，虽然前些日子她淋雨受了凉，整个人都病恹恹的，但还是把那双鞋拿出来做针线，淡淡地笑："看来这是双状元鞋了。我总觉得咱家能出个状元，从前日日在观音面前求，原来应的不是你爹，却是你。"

善祥不无忧虑："还不知道能不能考上呢，我只怕自己才疏学浅，让夫人寄望过高了。"

娘把针线打了个结，低头咬断线头，语气不容置疑："你当然能考上，而且还能考个状元。你是我生的，我还不知道？"

善祥心里蓦地一暖。

日子如常艰苦奔忙，暗中却包藏了崭新的盼望。

善祥在女馆学到最重要的一课是忍耐。她必须承认，一时逞意气的痛快代价不菲，她必须承认自己暂时的弱和小。而几个月的忍耐和沉默，等的就是这样一个出口。她暗中筹划着，女试无疑是个崭露头角的机会，不仅可以带着母亲摆脱何大妹的虐管，更能借天国大政所出的东殿接近圣听。她好奇，想见识一下到底是什么人在统辖天国。她按捺已久，要谏劝的事务政令何止一桩两桩，她更要讨个公道，那些饱受凌辱含恨而终的姊妹的声音何其微小，而她没有一天能忘掉。

入夜的女馆一片静寂，善祥悄悄地唤醒彩萱，给她看一张状纸，状子历数何大妹贪敛财货、凌虐女馆姊妹的罪证，上面已经齐集了二十多个签名和指模。

“我一考完试，就把状纸当堂呈给东王。来加个指模吧，别怕，你和彩芸的冤屈不能白受，我一定会回来救你。”善祥握一握她的手。

彩萱呆呆的，没说话。

此时，东王府内殿议事厅仍灯火辉煌。

天国人人皆知，东王府才是真正管事儿的地方。从永安开始，天王就已是个虚架子，天国军事、政治乃至刑罚生杀、官员升迁都是东王说了算，天王只是画诺而已。

太平天国定都天京之后，政务烦琐，百废待兴，天王洪秀全更是关起宫门，不问朝政。东王杨秀清大权在握，勤勉严整，处理政事从早到晚不怠丝毫，最多一天竟能发谕三百多件。这晚殿前丞相李寿春带着书手蒋先生急匆匆赶到，因为太平军许多高官是农民出身，识字不多，所以但凡上殿奏章都要带个书手宣读。

杨秀清操劳了一天，再加上眼疾尚未完全康复，已经有些疲惫了，但还是挥挥手，示意李寿春说话。

李寿春忙道："禀九千岁，天官副丞相林凤祥等北伐回禀快报到。"

杨秀清坐了起来："这么大的事情，怎么不早点儿禀报？"

"刚在内殿护卫那里耽搁了半天，东府内殿女眷众多，卑职们晚间出入多有不便。"

"卢贤拔他们也说过这事，我已准备近日开设女试，选拔有才女子任东殿内簿书。"

"那是再好不过，东殿政务繁多，早该增添几个贤才。"

"好了，还是有请蒋先生宣读快报吧。"

一旁站立的书手蒋先生展开快报，朗声读起来："林凤祥、李开芳、吉文元、朱锡琨北伐回禀，卑职等统带兵将，于五月初九至归德府。城外有妖营盘三个，有妖前来接仗。圣兵争先追杀得妖兵四百有余。"

杨秀清认真地听着。

"连时破城。城内妖兵妖官尽杀，杀有三千之多。得红粉二万有余斤，铁炮无数，粮料不足。"

杨秀清沉吟道："粮料不足，归德城不可久留，恐怕清妖援军会很快赶到。"

蒋先生继续朗读："同众诡议起程。卑职林凤祥、李开芳二位带五军兵将，连夜先往黄河四十里之遥上下取船，并无船。有鞑妖对江把守，仍在河边小村扎驻一夜。"

"等等。"杨秀清有些迷惑，"同众鬼议起程？众鬼，哪里来的这么多鬼？"

蒋先生忍俊不禁，笑出声来。他自恃是个读书人，学问高深，虽然在帐下听差，但心里从来看不起这些洗脚上田的农民佬。

李寿春不等东王发作，先要打那书手两个耳光，杨秀清忙出手拦住："李寿春，我常教你们这些为官的，对手下要和气，不要一点事又打又骂，吓坏了他们，以后什么事也不敢禀报了。"

蒋先生惊魂未定，忙跪下叩头求饶。

杨秀清让他起来："蒋先生，你有所不知，本王五岁死了父亲，全由国伯养大。家穷失学，不识字。还请先生莫笑，你只要慢慢读给我听，我自会懂得。"

蒋先生抬头谢恩，灯影里杨秀清的表情谦和亲切。

女试开考的前一日，下了一场大雨。

这样的天气没法出门干活儿，本是女馆里最惬意的时光，可是何大妹突然叫上善祥和娘，要她们一同出城搬取灯笼架。这差事有些蹊跷，但善祥不想生事，横竖熬过今天，明天就是出头之日，还是暂且忍耐一下。只是娘还在病着，冒雨涉远实在难为她，善祥便求何大妹改派旁人换下娘。哪知何大妹今天的脾气特别暴躁，话没说完就骂不绝口，娘暗暗拉住善祥，两人忍气吞声地跟着何大妹出门。

雨下不停，身上的油布漏水，善祥搀着娘一脚高一脚低地走，衣裤鞋袜都打湿了。走了七八里路，来到城外一处荒山野寺，何大妹说灯笼架都收在寺庙旁的木塔上，要她们爬上塔去拿。木塔残旧破蔽，一边临崖，下面是滚滚的江水，木塔湿淋淋地立在雨中，不堪重负地佝偻着身子。

这塔不知多久没人来了，又高又窄的竹梯缠满了蛛网，攀上去咿呀作响。善祥本想让娘在塔下等候，无奈何大妹跟在后面紧催，娘晕晕乎乎地爬上梯子，快到第三层时，一手扶空，差点栽了下去，幸亏善祥回身拉了一把。

两人快要攀到顶层，忽然听到下面哗啦哗啦一阵摧拉声，俯身一看，只见那何大妹两手举着把大砍刀，且退且砍，一路将五层以下的竹梯统统斩断。

“你要做什么！”善祥急忙大喊。

“你翅膀好硬，明天飞去东王那里告我啊。”

“无耻至极！你早有预谋骗我们上来！”

“你生妖心！写状子到处签名要害我！常彩萱都告诉我了，还以为我不知道”何大妹气势汹汹地劈砍着竹梯，砍刀破竹的声音顺滑而空洞，“你表面听话，心黑得很，以为会写几个字好了不起！以为乌鸦要飞上枝头变凤凰！别做梦了，你们娘儿俩就在这里活活饿死吧！”

善祥扒紧楼板，眼看着梯子转瞬尽毁，竹屑灰尘里，脚下已经如崖般高高悬空，只能欲哭无泪。

雨声潺潺，常彩萱呆呆地望着窗外。

何大妹是一个人回来的，把步子踏得重重地响，黑沉沉的脸上有些得意，她不提善祥母女，也没人敢问。众人心照不宣地跟着她做晚祷，吃晚饭时，馆里气氛平静而驯顺，没有人记得那对母女。

临睡前，望着善祥母女空空的床铺，常彩萱才有了一丝歉意。她在心里说：“别怪我，实在太苦了。你说将来会回来救我，我怕等不到那天就死了。等你飞上枝头，又哪里会记得这些？可我还得留在这里，没办法，我只想眼前过得好一点。”常彩萱和衣躺下，很快睡着了，何大妹今天答应她，因为检举有功，以后只派她去圣库领米。

天色暗沉沉的，雨下个不停，山风从木塔的破窗吹进来，雨点洒湿了地面。善祥母女又饿又冷，坐在这里等死。

善祥心里满是懊悔：“善祥不孝，行事轻狂张扬，连累了夫人。”

娘没说话。

这时候，善祥真希望娘能发通脾气，骂自己一顿，越狠越好。落到这个境地，梯子毁了，塔这么高，光秃秃地立在崖上，周围连棵树都没有，喊破喉咙也不会有人来救她们，更何况这时节无故失踪的人那么多。她的心灰透了，反而觉得没什么好怕，只是实在对不住娘。

“善祥忤逆，从小到大都不听话，惹夫人生气，让夫人伤心……”

“夫人最伤心的是，自己生的闺女一口一个夫人。”娘疲惫地说，“都到了这个地步，娘儿俩还这样生分。”

善祥语塞，她当然知道这个夫人叫得别扭，可是自小叫习惯了，改口是很窘的事，她一下子实在叫不出个“娘”字。

“你也别为难了，到底是叫习惯了，我知道你是口硬心软，有心就够了。”娘悠悠道，“其实，是我一直在连累你。你娘是个废人，走不了路，干不了活，我恨不得把这双脚砍了。妇德妇容尽毁，这辈子哪里还有脸见人？”

善祥不知该说什么好。鞋子湿透了，穿着很难受，她脱了一半，又停住了，还是怕娘看见自己的脚。

“那双状元鞋我做好了，就放在枕头下面，可惜鞋面还没来得及绣点什么。”娘还是看见了她的脚，“我儿必得考上个状元，要不咱娘儿们就白白受这些苦了。”

善祥苦笑，这个时候说这些还有什么用？娘是糊涂了，不知道她们就要饿死在这塔里。但她还是说好，态度无比乖顺。

娘的语气忽然温柔起来：“善祥，你心里可还怪责娘吗？”

善祥笑："哪有？"

"如今想来，你死也不肯缠足，只喜欢做个女书呆子原是对的。是娘错了，许多事都错了。"娘低一低头，有些赧然，仍抬了头望着善祥，"可是谁能想得到，世道会有这一出，谁又能知道什么是对错呢？我原本只想你好。"

善祥眼里一热，泪已盈眶。

"好女儿，娘知道你心里委屈……"她望着善祥，眼里有无尽的慈爱，仿佛怎样也看不够，又舍不得不看。

善祥笑一笑，却泪眼潸然。自己转过头去匆匆拭泪。娘一直看着她，一直看着。

"好了，咱们该走了。"娘突然说完，从贴身的口袋里掏着什么，"你平生最恨缠足布，今天你可要感谢它，说不定它能救你一命。"

老天，那是两卷娘贴身偷藏的缠足布。

善祥目瞪口呆地看着她把缠足布长长地铺开，撕成两股，打上几个结，结成一条稳稳当当的绳索。她们把绳索系在一根结实的柱子上，从山这边的窗子一直垂到地上。雨势稍弱，风把白色的布绳吹得飘来晃去。

"你抓着绳索慢慢爬下去，不要向下望，不要心慌，娘在上面拉得牢牢的。"

"还是娘先下去，我在上面拉绳索。"

“娘胆小，你先下去等着我，我才不害怕。”

“也好。”

善祥抓着布绳慢慢地攀下去，手心湿滑，好几次险些抓不住，腿肚子直打哆嗦。但想着娘在上面望，自己务必沉稳镇定，便憋了口气，放松心情，终于平安踏在地上。

“娘，你慢慢下来吧。”善祥仰头喊道。

娘在窗口默默地望她，却不动。

善祥又喊：“你别害怕，我在下面给你扶着绳索。”

“告诉你爹爹……”娘在上面大声地说，“娘从来没怨过他半句。”

话刚说完，这边窗上已经没了娘的身影。没等善祥反应过来，只见眼前一个黑影迅速地划过，扑通一声投入江中。

善祥双脚发软，喉咙喊不出一点儿声音，急急奔到崖边，江流滚滚，哪里还看得见人？

天色渐黑，大雨初歇。

张继庚骑着马从清凉山下来，雨水漫淹了道路，马蹄踏起连串的水珠。他的表情冷峻而警惕，不时张望着周围，以防有人跟踪。

接连四年十二次到傅家求亲无果，张继庚再没出现过。傅家的人都以为他知难而退，心灰意冷，转求别家的小姐了。善祥在姊妹们面前也拿他笑话了一番，虽然心里不乏淡淡的失落。在她平静单调的闺阁生活里，那好像是一场有趣的较劲，虽然表面上总是不以为然，但她何尝没期待过。他来一次，她便暗暗加他一分，他说过她拒绝千次，还要去一千零一次，她记得这话，就真想见识一下，他到底能坚持多久。也就这么久而已，她常常暗自讥嘲，傻子才会对一句许诺这么认真，人家只是随便说说。

善祥不知道，张继庚中断求亲，不是因为改变了心意，而是咸丰二年父亲的一封信。父亲在信中告诉他，粤贼自广西谋反，自立国号，不数月已下数城，贼势汹汹，一路向北而来，国家危难，此实为国效力奔走之时。张继庚看了父亲的信，安顿了母亲，儿女私情搁置一边，即刻打点行装赴湖南。其时正遇太平军包围长沙城，他便跟随布政使潘铎绕过防线，冒险入城助守。长沙围解之后，张继庚回到江宁，江宁布政使祁宿藻聘他襄办筹防局事。张继庚在籴米、积谷、修城、闭关、设栅、募勇以及制造器械等方面提出建议数十条，祁宿藻皆虚心嘉纳，一一实行。

咸丰三年二月初一日，太平军兵临江宁城下，张继庚率米肆壮丁千余人出战，城墙上官军燃炮助之，误毙壮丁数百人。祁宿藻禁不能止，忿极呕血而死。初五日，张继庚率所募水勇出城，焚烧太平军船只，又派人至乡间约七十二社民团来援。初十日，太平军攻克江宁外城，张继庚率众与太平军巷战，不敌败走，藏匿在城北山中。三月，太平军在天京搜山，张继庚被迫进入北王府典舆衙教书，改名为叶芝发。

张继庚去清凉山是会一个朋友。钦差大臣向荣的江南大营已在城外驻扎了几个月，战事无甚进展，张继庚暗中在城内联络盟友，意欲联合官军里应外合，一举攻取天京。可是向荣刚愎高傲，不信儒生能举大事，张继庚这次就是托朋友传信，继续说服向荣。这已是第五次上书了，虽然难料结果如何，但以他张继庚的性格，是不会轻易放弃的。

马到城门底下时，天已黑尽，借着城头的火把亮光，张继庚摸出关凭，正准备大声叫门。忽然听见有人在城墙底下低声恸哭，听声音是个女子。他下了马，循声上前，一个穿着破旧衫裤的女子抱着膝头在哭。

“这位姑娘，你怎么了？”张继庚问道。

女子抽泣道：“我没有关凭，进不了城。”

张继庚见四周无人，蹲下身子低声道：“你傻了吗？这个时候别人只恨不能逃出来，你还要进城去干什么？”

女子忽然停住哭泣，抬起头怔怔望他：“请问公子——贵姓？”

“我免贵姓叶，叶芝发。”

“原来是叶公子，我还以为你姓张。”

女子抬起头来，城头微亮的火把光里，她红肿的眼睛闪过熟稔的光芒。张继庚心里一紧，热泪几乎冲出来：“傅善祥，傅二小姐！”

见到熟人，刚止住的眼泪再度决堤，善祥悲伤难抑，说不出话来。

张继庚又是惊喜又是着慌，见善祥衣衫濡湿、鬓发散乱，一脸悲痛憔悴，心疼得不知如何是好，匆匆解下外衣，想给她披上，又怕唐突冒犯，只能在一边着急。

“傅小姐，你哭得如此伤心，叫我怎么是好？”他顿了顿，“若能为你解难，继庚赴汤蹈火也万死不辞！”

“张公子，求你送我进城。”善祥抽噎了几下，才慢慢地、清晰地说，“烦请收留善祥一晚，明早我会自行离开，不再打扰公子。”

“城内情势如何，你可知道？妇女皆入女馆，终日劳役奔波，苦不堪言，你还回去干什么呢？”

“明天东府女试开考，善祥答应了母亲，一定要考个状元。”

“你糊涂了吗？中了试就要为反贼做事，将来朝廷是要治罪的。”

“我不管谁正谁反，我不管将来以后！你知道吗，今天下午我差点儿死了，以后的日子都是赚的，我还怕什么？我一定要考个状元，我一定要考中，我一定要争口气！……我答应了娘。”

“令堂现在何处？”

“我娘死了。”

善祥的声音凉凉的，她的眼泪已经干了。

张继庚让善祥穿上他的外衣，将包头巾拉低，看起来像个男子，再扶她上马坐了。自己在前面牵着缰绳，拿出关凭大声喊门，守门的兵士认得他是北王府的教书先生，也没过多盘问，就放他们进去了。

下了一天的雨，天京城内又遇涝灾，民居街道浸了半尺来深的雨水。张继庚牵着马，蹚着水，小心翼翼地探着路。

他走得很慢，内心五味杂陈。喜的是，日夜思念，竟能重遇自己心爱的女子，而且是这样接近；忧的是，自己正在亲手送她犯险，不久他就要和城外的官军连手举事，而那时他和她不是同一阵营。可是，他愿意为她做一切事情，即使知道这件事是错，即使知道有可能失去她，甚至将来，自己也许要为保全她费很多的心、费很多的力，那又如何呢？他还是愿意。

他走得很慢，他希望这条路越长越好。

十一、东殿女试状元

杨秀清没看过这样的女子。

这个在女试中夺了头魁的状元，和他平生看过的女子都不一样。强韧的女子他见得多，广西客家女人贤惠能干，干活打仗从来不输男人；柔弱的女子他见得多，江南女子弱柳扶风、娉娉婷婷让人可怜；美貌的女子他见得更多，从永安封王开始，他拥有的美艳王娘已经增添到三十六个。可是她们都比不上她，他平生见过的所有的女子都比不上眼前这个，这么让他难忘。

她当然是美丽的，虽然憔悴，而且不知为何那么忧伤。她的言谈举止从容平静，落落大方，有着因饱读诗书而让人愉悦的博雅气质。可最吸引他的，是她的眼神。虽然她低着头，杨秀清还是敏锐地捕捉到她眼里的神气，那神气熟悉得让他心惊，他一定在哪里见过，他苦苦回想着。

他想起来了，那眼神曾在镜子里见过，他独自揽镜的时候见过，眼睛里那种顽强和傲气，她和他一模一样。

女试的考题是杨秀清出的。其时北伐军正渡过黄河，所向披靡，预计再有两个月便可抵达京师，一举剿灭清兵。满朝上下无不被太平军的威力所震慑，听说京城里携眷外逃的就不下三万家。杨秀清心情大好，随手定下“北伐檄文”的考题。他带兵打仗最爱檄文的铿锵有力，催人热血，太平军从永安到天京沿途连发三篇檄文，篇篇鼓舞士气，感染民心。也因为这个，撰写檄文的卢贤拔被升为秋官又正丞相，后来还被封为镇国侯，平日处理政事文书不离左右，深受杨秀清的器重信任，这次女试的主考和选拔也交由他一手包办。

那天，卢贤拔捧着一份考卷乐颠颠地呈给杨秀清，带着掩不住的惊喜：“禀九千岁，癸好年东殿女试状元非此人莫属！”

“哦？说说。”

“江南果然人杰地灵，该女子文采斐然，才情横溢，就算是在男子群里也是不可多得。”

“这好极，本王历来用人只看才干，从不论出身男女。”

“九千岁，这篇北伐檄文立论严正，先声夺人，全篇尽是振奋人心之语、发人深省之言，直刺清妖之痛处，大壮我太平军之声望啊！”

“快读给我听。”杨秀清兴致勃勃，虽然他大字不识一个，平生却最喜欢听人读文章、讲故事。

卢贤拔朗声读起来，杨秀清只觉得文章音韵响亮，气势磅礴，待听到“问汉官仪何在？燕云十六州之父老，已呜咽百年；执左单于来庭，辽卫八百载之建胡，当放归九甸。今也天心悔祸，汉道方隆，直扫北庭，痛饮黄龙之酒；雪仇南渡，并摧北伐之巢”，不禁拍掌叫起好来。

“好文章！”杨秀清喜道，“马上传令，女状元就是她了！对了，叫什么名字？”

“傅善祥。”

“傅善祥。”杨秀清叫了她的名字，那女子终于抬起头来。

非常奇异的感觉，竟然有一丝慌张。他杨秀清统领五十万太平军对阵百万清兵，什么阵势没见过？天父在他身上下凡的时候，连天王洪秀全都要乖乖下跪，他怕过谁？可是眼前这个女子，有着和他一模一样眼神的女子，竟然让他没来由地慌张起来。

他眯缝着眼睛，尽量让自己的语气威严如常：“你这篇北伐檄文写得很好，本王欲钦点你为女试状元。”

“谢九千岁恩典。”她没有喜出望外，好像一切在意料之中，果然还真是傲气。

“不过，仅凭一篇檄文难以评断真才实学，本王要再考你一考。”杨秀清突然想为难一下她，“近来多雨，天京城内涝灾频频，有人说应该堵东关水门，截住上游水流，有人说应该开凿山脉，放后湖之水入江。你是本地人，对此应有良策，本王就限你半炷香的工夫，写一篇《天京治水说》。”

善祥不慌不忙地提起笔，沉吟了片刻。她提笔的姿态真美，俯身书写的时候更美，那娴雅，那潇洒，让人离不开眼。杨秀清向来对读书人敬重有加，眼前这个美丽的读书人更是让他爱慕不已。

不到半炷香的工夫，她已经写满了几页纸，双手呈给杨秀清。

“回禀殿下，天京城之水，仅有两支：一支由东关流入秦淮，一支由北关流入后湖。如果堵塞东关水门，则东关之水点滴不通，内河渐变平壤，遇到冬天干涸或者大旱之年，城内人烟稠密，生活用水无可汲取，若遇到火灾则更添大患；而后湖之水通秦淮，出西关，归大江，是钟山随龙养荫的真正胎水，断断不可旁泻。”

杨秀清低头看着她写的字，个个娟秀俊美，让人爱不释手。

“民女由此认为，酌古推今，审理度势，只有挑浚后湖，修理东关二策最为妥当。细节详情尽在文中，还请殿下展阅评断。”

杨秀清怔了一怔，忽然哈哈大笑：“这里的人都知道，本王也不必装模作样了。”

他把文稿还给善祥，坦坦荡荡地说：“我一个大字也不认识，还是请状元姑娘读来听吧。”

善祥脸红了。

手捧东王诏书，足跨金鞍朱鬃马，头戴镶黄玉额二枝金花纱帽，身穿红色大袖加黄马褂袍，前呼后拥，旗鼓开路，欢声雷动，喜炮震天，遍街张灯结彩，正是状元游街来了。

是的，她现在高高地骑在马上，脚穿娘亲手缝制的状元鞋，她是状元。

队伍前的号卒沿街高喊："棘闱先设女科场，女状元称傅善祥。"围观的人群议论着、赞叹着、簇拥着、艳羡着，她虽不习惯这样集中的目光和捧拱，却不能不承认这时候的荣耀与自豪。千百年来，多少读书人数十年寒窗苦读，吞咽下多少委屈心酸不得志，只为了这一刻的春风得意；千百年来，多少女子把足尖缠小，以守拙为美，以无才为德，画地为牢，困于闺闱，谁曾想这一刻的吐气扬眉？今天她必得在马上昂起头微笑，为那些低眉顺眼无声无息了千百年的女子，昂起头微微一笑。

只是，这一刻的微笑被人看见，无数日子的眼泪被谁看见？她的脸色倏地暗淡下来，爹梦想了一辈子的情景，娘期待了一辈子的情景，而此刻，他们都没看见。

她多想他们能看见。

杨秀清叫她傅先生，这叫法让人好惊讶。

他看出她的惊讶，他习惯的表情是眯缝着眼睛，左眉微微抬起，唇角的微笑狡黠又带些难以捉摸。他说："你学问高，本王没读过书，日后要常常向你请教，不叫先生叫什么呢？”

他整个人都让她惊讶。

从前只知道东王九千岁位高权重，威严凛然，没想到他对手下人的态度却如此坦率可亲；从前也揣想过这位东王出自田间山野，见识必然粗俗鄙陋，没想到他的谈吐举止却另有一种自然大气的风度。而他看起来是这样年轻，最多三十岁。他身量并不高大，甚至有些消瘦，但却不给人单薄之感，事实上，他消瘦的身材里好像蕴含着一股生猛的力，这股力不是精炼而成的，是野外的，是天然的，是张扬的，是活的，是接近蛮的。这个类型，是她有限的阅历中从未接触过的，她惊讶，又好奇。

这天下午，傅善祥第一次以内殿簿书的身份，踏进东府议事厅。

东王府的华丽气派，让每个站在府前的人都自觉渺小。

无比阔大的门，装饰着明黄色的丝绸，两侧大门各雕刻着气势雄浑的飞龙舞凤。进了大门，要走好一段路，经过严整的承宣厅、有序的参户厅，再往里走，就是东王的议事厅。这里是东王日常批改公文、发放诰谕的重地，布置得格外豪华，王座四边镶嵌着七彩琉璃，对面墙上挂着壮丽斑斓的《江天霞彩图》，古玩珍宝随手都是，就连洗手盆都是纯金的，不免流于暴富之家的奢侈做作。

而最奇特的是，回廊里竟挂着十几个鸟笼，里面的鸟儿想必也是珍稀之物。正值清晨，婉转清脆的鸟鸣此起彼伏，让威严肃穆的王府有了些轻快的气息。

只是善祥的心一点儿都不轻快。

她没忘记自己为什么会来到这里，只是血泪之痛让自己学乖了，她需要一个合适的时机。

杨秀清赐她坐下，面带得意地打量一下四壁，问："傅先生，本王这间议事厅还算体面吧？"

善祥低头答道："富丽堂皇，气派不凡。"

杨秀清笑道："那是当然，都是最好的东西，本王喜欢最好的东西。"

善祥点头称是。

杨秀清抬起左眉："你不喜欢本王这里，是吗？"

"微臣不敢，能在东府任职，是微臣的福气。"

"可是你眉头紧锁，你心里有事，你几乎不笑。"

"微臣失礼，望九千岁恕罪。"

"傅先生不用这样，本王知道你在想什么。"杨秀清拍一拍手，侍从端了个蒙绸的托盘出来，杨秀清掀开绸布，"给你看样东西。"

那是一对金镯子。

再熟悉不过的一对金镯子，闪着黄澄澄的光，上面镌着她永远也看不懂的纹案。而此刻的重逢，历经数劫之后的重逢，她看着它们，一言不发。

她轻轻地咬住嘴唇，强抑下潸然的泪涌。

"你认得这对金镯子，这是你家太祖婆婆传下来的金镯子，你母亲戴在手上，从没离过身边。”杨秀清背着手踱过她身边，“你父亲名叫傅一槐，字守土，曾考过第一名的廪生，乙酉年被选为岁贡生赴京师国子监读书，在户部梅曾亮府上做幕宾，戊申年自行走失，不知去向。”

善祥望着他，脸上不知悲喜。

“傅家三个女儿，你居其中。三岁读书，五岁能诗，八岁拐带幼妹离家出走不遂，竟绝食以死抗争缠足，十五岁以文才和大脚名闻乡里。爱自由，常女扮男装，四处游历唱和，性骄傲，我行我素，无视路人谈论讥嘲。十六岁遭张家退婚，愤而誓言不嫁，今年二十二岁，仍是待字闺中。”

善祥露出难以置信的表情。

杨秀清继续说：“今年二月，你与母亲、妹妹编入石坝街后四军五女馆，你性格悖逆，自恃聪明，不听从命令，数次惹恼管长何大妹，吃了不少苦头。女试开考之前，你纠集馆里姊妹签名画押，密谋举报何大妹母女敛财暴虐，不料被人告发。何大妹将你母女骗到城外，意在耽误考期，哪知傅先生福大命大，终于还是取了个状元，哈哈哈。”

善祥说不出话来。

“你想问，为什么本王统统知道？”杨秀清抬起眉毛，嘴角露出狡黠而神秘的微笑，“天父无所不在，天父无所不晓。”

善祥深吸了口气：“凡此种种，微臣无愧于心，任凭殿下处置。”

杨秀清收起笑容：“本王自然要一一处置。来人，带何大妹、李玉芬。”

何大妹母女被反捆住双臂带进来，两人一进来就跪在地上痛哭叩头，求东王开恩恕罪。原来凶悍刚硬的何大妹，也有服软害怕的时候。

杨秀清面色冷峻，威严慑人：“何大妹，你可知罪吗？”

何大妹拼命叩头：“小的知罪，小的认罪。”

“你要知道，天父无所不知。”

“小的什么都招了，小的一丝也不敢隐瞒。”

“私敛财物，虐待女兵，火烧民房，打压报复，天朝条例你犯得不少。”

“九千岁恕罪！九千岁开恩！求九千岁看在我们母女是老姊妹的分儿上，看在从广西拜上帝杀清妖一路辛苦的分儿上，饶我母女两条贱命。”

“传本王令，何大妹、李玉芬各杖五十，削去管长职务，发往扬州军营上阵杀妖，戴罪立功！”

处置了何大妹、李玉芬，杨秀清转头对善祥说：“傅先生，这对镯子本是你家的，你就留下做个念想，不必上缴圣库了。”说完便背着手臂，不待善祥谢恩，前拥后呼地往承宣厅去了。

现在只剩下她一个人了。

坐在簿书专设的书案后面，层层叠起的文书诰谕遮住了她的脸。两只金镯子在掌中安睡着，她这样看了很久。

然后，她慢慢地把它们戴在腕上，就像娘曾经戴着那样。闭上眼睛，轻轻地晃动手腕，两只金镯子发出细细碎碎的响，和娘走过身边时一样，娘走过身边，这么近，这么近。

她依着那两只镯子，凉凉地擦过脸颊，有着金面镌的纹案的细微触感。八岁那年的记忆又回来了。那天，娘抱着她，轻轻地抚弄她的鬓发，说话的气息温暖着她硬硬的小脖颈。当时为什么觉得那么别扭，她分明是窃喜着，妹妹出生之后娘很少抱她，这亲昵因为渴望了太久而显得不安吗？

可那天，她还是逆了娘的意。

如果一切回来，她会低下头吗？她会愿意做一切事情，只为了能深深地把头钻进娘怀里，哪怕一回吗？

泪水不知何时滑落，湿了一脸。

手臂不小心碰掉了一份文书，她睁开眼睛俯身去拣，泪眼蒙眬中，忽然看到杨秀清站在案前，静静地不知站了多久。

她慌忙站起来，未及告罪，杨秀清先说话了。

“丧母是人生的大痛。我九岁便没了母亲，当时年纪幼小，记忆模糊，现在思念母亲时，连她的面目都记不全了。”

他很快把伤感掩饰过去，背着手转身离开：“你哭吧，本王不降罪于你。”

走了两步，他又回过头说：“你父亲是江南名士，正是天国用人之际，有才华的人不应埋没，本王会派人四处寻访他的下落。至于你的两个姐妹，本王会着人好好看顾，你们也可时时团聚，你不必忧心。”他似乎怕她跪谢，说完话大步离开，留下善祥怔怔地站在那里。

胡九妹非常机灵，抢在东王找她之前先出手了。

凭着一幅壮美无匹的《江天霞彩图》，胡九妹博得了东王的欢心，被擢升为东殿女丞相，终于圆了和丈夫陈宗扬离得近些、时时相见的愿望。虽然傅鸾祥还是知道了打死戴孝常的真相，总不免一番哭闹，疯癫寻死觅活，但凭她一个民女又能怎样？再说还有孕在身，胡九妹又吓又哄，总算稳住了她。以为事情过去了，哪知半路上杀出个状元妹妹傅善祥，而且看情形深得东王器重，要是姊妹俩见面说了什么，她和陈宗扬恐怕都有麻烦。

两夫妻合计了半天，既要傅鸾祥音讯全无，又能继续哄她干活，这点非常重要，现在东府王娘们的贴身绣品都指名朝胡九妹要，胡九妹自然能拿出最好的东西，当然，是谁的手工上头不知道也不关心。

陈宗扬知道东府后花园有一处地牢，这地方很隐秘，就连杨秀清都不知道，三重铁门、一路阶梯下去，暗无天日。胡九妹把鸾祥哄了进去，只说近日天朝严查夫妇私通，鸾祥孕象明显，恐怕难逃稽查，为了保存戴家骨血，最好能避一避风头。

戴孝常惨死棍下，鸾祥伤心欲绝，本已是万念俱灰，恨不得跟他去了，能活到今日全为了生下腹中的孩子。她生性单纯善良，以为胡九妹费心帮她找藏身之处，还每天送饭送水，是良心未泯保护她和胎儿，心里着实感激了一阵。自此，鸾祥每日就甘心栖身在这里，地牢漆黑潮湿，只有一灯如豆照明，人在里面，不知晨昏更替，也不知时日轮转，每天除了吃睡就是做不完的刺绣女红。只有腹中日渐长大的胎儿带给她安慰，鸾祥常抚着肚子跟孩子说话，要他平平安安快些长大，也勉励自己鼓足勇气熬下去。怕人听见，她每每放低音量，不知道这三重铁门，层层大锁，早已严严实实地把音讯封在地下。

如胡九妹所料，不几日，杨秀清果然命她到绣锦营寻傅鸾祥来。胡九妹编了个谎，说傅鸾祥和丈夫戴孝常前些日子趁夜逃出城，不知跑到哪里去了。那段时间因城内粮食匮乏，圣库供应困难，守城的兵士也睁一只眼闭一只眼，确实有不少人出逃。杨秀清也没怀疑，只是好言转告善祥，要她宽心，姊妹将来总有团聚之日。

善祥已渐渐适应了东殿内簿书的职位。杨秀清是个勤政的王，每天都早起晚睡，天国大事小事千头万绪，他每一件都亲自过手，不肯草率。他威信深广，赏罚分明，提拔人才不徇私情，叫人暗暗佩服。只是有一件难以理解，为什么所有人都那么怕他，他高高坐在座椅上发号施令的时候，固然是疾言厉色、威不可侵，但日常说话，也算是和蔼可亲，而某些时候，他甚至有让人难以想象的一面。

有一晚善祥吃罢饭，独自回到议事厅书案边整理文谕，忽然听到隔墙时有欢笑声。此时东府官员大都回馆歇息，只有几个值夜的女官，而且东殿机要重地，谁竟敢这样喧哗吵闹？她心里纳闷，循声找去，发现议事厅西的大屏风后面，隐着道小门，轻轻一推，门竟开了。她爹着胆子，穿过曲折迂回的长廊，向着灯光和笑语声走去。她突然刹住步子，只见眼前是个粗陋的房间，黄土坯墙，泥地草席，两个男人穿着粗布衣裳，赤着脚，一边喝酒一边唱歌。细看些，正对着门口的那个，不就是秋官又正丞相卢贤拔吗？与此同时，卢贤拔也看见了她，他止住笑，慌忙站起来，两臂挥舞驱赶着："还不快快退下，你这冒失鬼，这是你随便来的地方吗？闯了大祸知道吗？"善祥不明所以，这时背对那人也回过头来，真是想不到，那个布衣粗服打赤脚的人，竟然是东王杨秀清！善祥惊讶地瞪大了眼睛。

杨秀清的眼神掠过一丝尴尬，随即哈哈大笑起来："傅先生，既然来了，就一起坐下吧。"

卢贤拔委婉解释："贵乡夏天竟然比岭南还要热，九千岁特在此间消暑，不想被你撞见了。"

杨秀清满不在乎："袍服缎靴，好不舒服，穿了一天也得让身子透透气，你也别嫌弃，我们本来就是山野村民。"

善祥开始还有些惴惴不安，后来索性大方落座，斟杯敬酒，面不改色。

杨秀清道："天王自己不喝酒，也要编个条规不准人喝酒，连大过年的都不能喝，真真是要憋死人了。我从前做烧炭佬的时候，平生一大快事就是请人喝酒，朋友们围坐畅饮，谈天说地讲故事，何等痛快逍遥！卢先生，你说是不是？"

卢贤拔笑道："殿下小小年纪就以慷慨义气闻名，紫荆山里谁不知道？想那时炎暑天入窑烧炭，酷热难当，冬天又要翻山越岭，忍饥耐寒，把炭挑到新圩去卖……"

杨秀清插道："那奸诈的客商欺我年幼，还总是把价格压低，换不到一升半斗糙米，我曾听人读过一首卖炭艰苦的诗，真是感慨得要掉下泪了。"

"卖炭翁，伐薪烧炭南山中。满面尘灰烟火色，两鬓苍苍十指黑。卖炭得钱何所营？身上衣裳口中食。"善祥随口诵道。

"正是这首。"杨秀清点头。

"殿下卖炭所得如此艰辛，却从不吝惜请朋友喝酒。"卢贤拔感慨道，"仍记得彼时殿下喝得不多，只喜欢双手抱膝静静聆听。"

"哈哈，我爱听你讲故事啊。傅先生你知道吗，卢先生最会讲故事了，自从结识了他，我就染了个怪癖，不听故事晚上睡不好。"

卢贤拔道："我也就是个乡野的教书先生，哪有什么好故事？殿下如此盛赞，也不怕傅先生笑话。"

杨秀清拊掌道："既然如此，不如傅先生就讲个笑话。你误闯机要，权当是罚你一次。"

“那只好恭敬不如从命了。”善祥略微思考了一下，说道，“宋朝的时候有个人叫艾子，有一次他乘船过海，晚上停在个石头岛上，半夜里忽然听见水下有人哭，好像在说着什么，于是艾子就静静地听着。”

杨秀清笑道：“难道龙王们也在偷着喝酒吗？”

善祥笑着摇头：“这说话的却是只鼍龙。他哭道，‘昨天龙王有令，水族中有尾巴的都要斩首，我是一只长尾的鼍龙，所以因害怕被杀而哭，你这只蛤蟆又没尾巴，为何也跟着我哭？’这时另外一个声音说道，‘鼍龙你有所不知，我现在是没有尾巴，可是我恐怕龙王追究起来，那我当蝌蚪的事情怎么办啊。’”

杨秀清开怀大笑，卢贤拔也呵呵地乐，大家复斟酒举杯，谈笑风生，又说起各地风物奇闻，杨秀清直听得津津有味。这时善祥又讲了一个：“我听说南海岛上的人爱吃蛇肉，有个人到中原游玩，特意将蛇肉腌成肉干当口粮。这人到了齐国，见齐人待客热情周到，心存感激，便将花斑点的毒蛇肉干送给主人，吓得主人吐舌逃跑。这人却以为主人嫌小，赶紧吩咐仆人，把最大的那条毒蛇干给送去。”

杨秀清道：“这人虽然是好心，但也得入境问俗。”

卢贤拔也说：“好心却未必成好事，《南华经》里也有一个，话说鲁侯养了只海鸟，喜欢得不知怎么好，就把他自己爱吃的东西拿来喂鸟，还叫人不停奏乐给鸟听，谁知那鸟不吃不喝，没过几天就饿死了。”

杨秀清说："这还是入境问俗的道理，你喜欢的东西，人家未必就爱，你习以为常的事情，人家可能不习惯，所以说，凡事设身处地想一想就对了。"

善祥赞叹道："殿下所言极是！正如广西女子素来刻苦耐劳、壮健能干，劳动操作与男子无异，而江南女子体弱力微，又有缠足陋俗，常年困于闺阁。若轻易由此及彼，以己之能谓人必能，不免有失入境问俗的体察，故广西女子长于操持的重活儿，于江南女子实在是超乎其限，难以胜任，而脚小步迟，更是苦不堪言。"

杨秀清道："就是知道陋俗害人，所以我才下令妇女皆去脚带，一日百家缠足放，这不正好对妇女有利吗？"

"殿下圣明，一片体恤百姓之心。只是缠足之事从幼女七八岁开始，时间长久已经定型，就算解下脚带，小脚也永不能变成大脚，而突然失去缠布的支撑，残足只会无比浮肿疼痛，行走如履刀尖；再加上缠足妇女观念固执，将放足视为失节大辱，故六月以来因此寻死者，不可胜数。"

"竟然会是这样。"杨秀清蹙起眉头，"没人告诉我这些，我以为去了缠布，人人都能健步如飞。卢先生，这件事你明天一早就去跟办，传令放足之事暂缓施行，命各馆女官不得强迫江南妇女超负劳役，再有凌虐人命事件，定不轻饶。"

善祥代各馆姊妹感谢不尽，卢贤拔领命笑道："傅先生真是一片苦心，讲着故事来进谏。"

善祥赧然："善祥鲁莽，多得九千岁宽大，不予怪罪。古语道，木从绳而得直，君从谏而得正。九千岁从善如流，公正英明，正是应了这句。"

杨秀清笑道："这句好，'木从绳而得直，君从谏而得正'，我要记下来，下次可拿来用。"

这晚席散，善祥走在前面，杨秀清忽然在身后问了一句："江南女子人人缠足，为什么你可以有一双大脚？"

善祥回头一笑："拿命换来的，我原是忤逆之子。"

杨秀清大笑："我是叛臣，你是逆子，倒真可凑成一对。"

这句原本无心，只是善祥，却不知为何脸红了。

这以后，每晚批阅文谕至夜深，疲惫之时，杨秀清总要善祥给他讲个故事。他是真的喜爱听故事，无论善祥讲什么，或者历史人物，或者风俗典故，他都听得用心至极，一手托腮，双眼眯缝起来，唇边带些朦胧的微笑。想起卢先生所说，那个卖炭沽酒请朋友喝，自己在一旁抱膝倾听的少年，恐怕也是这般表情吧。他又非常好学，听到善祥话里有新鲜的词语典故，自己重复几遍记下来。他爱慕善祥的书法，常常忘了东王身份，亲自为她牵纸推墨，有时还悄悄拿了笔去临摹，被善祥看见，微微不好意思，却还是坦承，自己不会写字乃人生最大的遗憾。

十二、有吃有住的地方，还不叫家

这天晚上，有很好的月亮。

月朗风清，银白色的月光，水银一般泻在庭前。

这段日子杨秀清正为修订《天朝田亩制度》费心斟酌，常常不知不觉就熬了个通宵。今晚的月光却让他停下工作，突发奇想。

他兴冲冲地打断善祥的书写：“走，带你去看月亮。”

厅前有护卫把守，他嫌不自由，暗暗从厅西的暗道出来，左转右拐，竟然要带着善祥爬到东殿最高的屋顶上。

“看月亮，在地上就可以看啊。”善祥有些脚软。

“那里离月亮更近些。”他此时真像个顽童。

“太高了，请殿下珍重贵体。”

“本王从小爬山爬树，这算什么，该不是你害怕了吧？”他哂笑道。

“我才不怕，你能爬上去，我自然也能。”善祥不服气，跟着他努力攀缘，不肯落后，而将近爬上屋顶的时候，他还是回头拉了她一把。

这是她平生第一次触碰男子的手，平日虽然悖逆大胆，男女之防的观念还是牢固的。他只是拉她一把，自然坦荡得像拉一个兄弟，很快就放开了。放不开的却是她，手上似乎还停留着那一瞬间的热，灼得烫人，他的手掌是热的。

“我幼时在山里伐木烧炭，最难忘有月亮的晚上。”坐在屋脊上，杨秀清望着月亮说道，“我总要爬到最高的树上，想看清楚月亮上面有什么。”

“看到了嫦娥玉兔，还是吴刚伐树？”

“看不到，我眼睛不好，左边这只曾经被柴枝划伤，无钱医治，落下病症，被人笑为杨瞎子。金田起事之前眼疾复发，病得差些死了，万幸天父突然在我身上降临，才捡回一条命。”

善祥半信半疑。

“你看，这里视野开阔，连旱西门守城的兵都看得见。”杨秀清伸手指去。

月光很亮，真切地照见大半个天京城，照见山河庭院路桥，还有那一道道沉默的屋脊。只是千家万户的窗子大多是暗的，很多屋子已没有人住，想起曾经璀璨热闹的上元灯节，仿佛已是隔世的事情。

“那些房子，如果亮着灯火，天京城的夜色就更美了。”善祥轻声说。

杨秀清不以为意：“城里男女分馆，集中一处住着，自然会空出许多房子。”

“不单是房子，那是可容栖身、可供饮啄之地，那是家。”

“城中各馆也不曾薄待众人，也有吃有住。”

“有吃有住的地方，还不叫家。”

“你说，怎样才叫家？”

“屋里有夫妇，高堂有父母，膝下有子女，血缘至亲，和美有情，同甘共苦，不离不弃。在这样的夜里，灶上有热茶，窗上有灯火，纵使人在遥远的途中，抬头一望便知道，有人在门后盼着。”

“我是孤儿，自幼无家。”杨秀清沉默了一下，说道，“但本王如今有三十六个王娘，十二个东世子女，我东府更有数不清的殿堂楼馆，望不尽的园林草木，许多姓杨的好汉也争相入我门下，认作‘清’字辈兄弟，大国宗杨元清、三国宗杨永清、七国宗杨辅清，你说本王这个家够不够大？”

善祥笑笑：“九千岁家大业大，洪福齐天。”

“当年在紫荆山里，哪想得到会有今天？”杨秀清出神地说，“那晚我爬在最高的树上，想看看山那边有什么。当时真是羡慕这白白胖胖的月亮，不必为三餐发愁，又可以长生不老，想去哪里都能去，定然也知道山那边有什么风景。”

善祥心里一惊，蓦地忆起八岁那年的利涉桥，那晚她坐在桥上，双手抱膝望月，心里想的竟然和杨秀清一模一样。

“山里的月夜，除了鸟兽鸣虫，一个人也没有。我无父无母，也无兄弟姊妹，走在路上就放声唱歌，歌声回响，好像山那边有人唱和，就觉得不那么孤苦。”

他的语气故作轻松，似满不在乎，神情却没能掩饰住感伤。那感伤是他少年时小心藏起的，此时无意中流露出的，也带着少年时的真切透明，让人悄悄地心疼，又怕惊扰了他，最好还是装作毫无察觉。

善祥打趣：“那你是怎么唱的？”

“如今我倒不能随便唱了，哎，月亮倒是一样的。”杨秀清张一张口，笑了，月光下他脸部的轮廓很是柔和。

次日清晨，善祥如往常一样穿过挂满鸟笼的回廊，婉转的鸟声里，她忽然明白了什么，见到杨秀清的时候竟脱口而出：“我知道你为什么要养这些鸟了，紫荆山里也有这些鸟声，对吗？”

杨秀清愣了一下，嘴角慢慢浮起微笑：“人人以为我是奢侈夸耀，只有你懂得这里的意思。”

她的脸又红了一红。

吴长松行了个礼，善祥竟然没认出他来。

天国机匠衙总制吴长松，头戴黄色朝帽，帽边缀三节龙，身穿黄马褂，前后绣着两团牡丹，气派庄重非常。他表情俨然又恭敬，装作不相识的样子，呈上一份设立柴薪馆的奏折，杨秀清示意善祥收下，读给他听。

善祥翻开奏折吓了一跳，奏折里夹着张细纸条，约定明早五更在侯家桥有要事相告。善祥悄悄把纸条攥在手里，不看吴长松，仍若无其事地读了奏折。

吴长松奏请设立柴薪馆，明里是集结居民出城打割柴草，以供城中各馆火炊之用，堂皇赚得关凭，暗里是为方便内应来往城中送信。他早有反意，费尽心机争取机匠衙，招收工匠十万人，除了身强体壮的本地机匠，还有许多是不堪各馆重役的老弱妇孺。他只懊恼机匠衙招人太迟，没能及时解救菀祥和傅夫人。

早些日子，吴长松暗中写信给江宁知府赵德辙，自愿为清军内应，且手下数千机匠皆是忠于朝廷的血性男儿，期望与城外官军里应外合。赵德辙将书信呈送江南大营主帅向荣，向荣有所动心，称天京城内还有一位义士，他会派人进城与他俩密约。当下三方约了日子地点，你说巧是不巧，向荣派出的密探是大孝子胡恩燮，而城内那位也为内应奔忙的义士，竟然就是张继庚。

三人劫后重逢，不胜唏嘘感慨。胡恩燮是性情中人，不由分说先大哭了一场。太平军进城之际，他父亲、伯父集体服毒自尽，家里死了十一口人。他为了老母苟且偷生，在旗帜馆里混了两个月，终是不甘，便偷偷去女馆辞别了老母，找机会逃出城去，先至孝陵卫江南大营，又受赵德辙命在秣陵关办抚恤局，因他熟悉城里情况，这才特被派来联系内应。他一边擦泪一边说："也不知我老娘怎么样了，好几个月没见她老人家，没有一日不挂记。"他停了一会儿又说，"也不知那魏公西园怎么样了，好好的一座园子，一定让长毛糟蹋了。"

三人当下商定，城内由吴长松、张继庚分别募集义士，待准备停当，再与城外江南大营密约攻城日期。吴长松衙里的机匠组织起来不难，张继庚身在北府，也暗中联络了水西门、太平门守城将士数百人。又正逢水营楚籍兵士不满将领政令，有人带头密谋投奔清军，张继庚便趁机与他们结成联盟，共计集结上万人。只可惜水营之盟没多久走漏了风声，谋叛的楚籍水兵被杀了八百多人，张继庚入盟的时候用了假名，才幸而得免。此事之后，他不曾畏惧，也毫不气馁，仍私下四处寻访起义壮士，一身神力的粗莽轿夫张鸦头也被张继庚打动，觉得他看得起自己，便慨然许诺参与其事。到了十月底，事情已筹备得差不多了，张、吴二人便通过胡恩燮传话，初步约在下月中举事。

而在这之前，张继庚特意求向荣给了他一块免死牌。他的忧虑不无道理，清军一旦攻入天京，势必不免一场大屠杀，到时候刀剑炮火不长眼，平民百姓尚难幸免，而在东殿里任职的她就更危险。其时他在城头迎战，应是凶多吉少，如何抽出空暇去保护她呢？思来想去，自己所能做的只是为她求一块免死牌了。免死牌到手，他反复摩挲，心情沉郁，现时自己身份敏感，出入倍加小心，自然不能亲手交给她了。上一次见她，是在人群拥挤的大街上，她是千古第一女状元，骑着高头大马游街，威风华美，光彩万丈。他是为她高兴的，虽然这高兴里面有着复杂的情绪。现在他想，不知以后能否再见。

五更天，晨光熹微，侯家桥畔停着只空柴船，吴长松没穿官服，善祥也是便服，二人小心登上柴船。

吴长松开门见山："二小姐，现今有个出城的机会，你最好马上决定，要不要走？"

善祥不解："出城？"

"对，东王昨天准了柴薪馆，今天就可以出城取柴，这只柴船有关凭，可直接出水关，你要是同意走，江州那边自然有人接你。"

"我为什么要走？"

"城里不久会有大事，你不如早走。"

"你所说的大事是什么？"

"二小姐，你不见城外江南江北大营的阵势，长毛长不了的，还是咱们大清国的江山。你早早为自己寻条退路吧，不要贪恋这些权位虚荣。"

"我真讨厌这些，胜王败寇，争来打去，谁坐了江山又如何？死的无非是老百姓，折腾的也是老百姓。现在城内好不容易安定些了，干戈再起，又要烧多少房子，又要死多少无辜！"

"要怪只能怪长毛造反，祸国殃民。"

"六哥，这话不公道。大清朝廷也不全是明君忠臣，我也没见他们有多爱民，反而太平军里纪律严明，体恤弱小。"

"二小姐别忘了夫人是怎么没的。"

“我没忘，他们的政令确有不得人心的地方，但是他们听得进谏言，也愿意诚心改善。这些日子我任东殿内簿书，近在东王身侧，亲眼见他处理政事公正严明，让人信服。若为子民，我宁愿选择一个有望更好的新主，我亦愿意倾尽力量助他矫正向善，试问国若政令清明，民自会安居乐业，又何必为谁王谁寇谁忠谁逆而争得不可开交呢？”善祥一连气地说，停了停又道，“还有，在这里，一个女子可以出来做事，可以大大方方在街上走，我好不容易从闺阁里走出来，我不会再走回去。”

吴长松沉默了一下：“二小姐，你自小就和常人想的不一样，现在咱们各为其主，我也无话可说。看来张秀才真没猜错，他让我不用费心劝你，你是不会走的。”

“哪个张秀才？”

“求亲十二次的张继庚。”

“是他？”

“是他，他让我把这块牌交给你。”

“这是什么？”

“免死牌。他费了很大力气才求来的，你一定要珍惜。若清军入城，杀到东殿，你拿出这块牌，就能保住一条命。”

“真要掀起一场杀戮吗？”

“这些恕我不多说了，你小心保重就是。”吴长松犹豫了下，叹口气，“我也给菀祥求了一块，只是天王府内外禁绝，该怎么交给

January

Sun	Mon	Tue	Wed	Thu	Fri	Sat
1	2	3	4	5	6	7
8	9	10	11	12	13	14
15	16	17	18	19	20	21
22	23	24	25	26	27	28
29	30	31				

February

Sun	Mon	Tue	Wed	Thu	Fri	Sat
			1	2	3	4
5	6	7	8	9	10	11
12	13	14	15	16	17	18
19	20	21	22	23	24	25
26	27	28				

March

Sun	Mon	Tue	Wed	Thu	Fri	Sat
			1	2	3	4
5	6	7	8	9	10	11
12	13	14	15	16	17	18
19	20	21	22	23	24	25
26	27	28	29	30	31	

April

Sun	Mon	Tue	Wed	Thu	Fri	Sat
						1
2	3	4	5	6	7	8
9	10	11	12	13	14	15
16	17	18	19	20	21	22
23	24	25	26	27	28	29
30						

May

Sun	Mon	Tue	Wed	Thu	Fri	Sat
	1	2	3	4	5	6
7	8	9	10	11	12	13
14	15	16	17	18	19	20
21	22	23	24	25	26	27
28	29	30	31			

June

Sun	Mon	Tue	Wed	Thu	Fri	Sat
				1	2	3
4	5	6	7	8	9	10
11	12	13	14	15	16	17
18	19	20	21	22	23	24
25	26	27	28	29	30	

July

Sun	Mon	Tue	Wed	Thu	Fri	Sat
						1
2	3	4	5	6	7	8
9	10	11	12	13	14	15
16	17	18	19	20	21	22
23	24	25	26	27	28	29
30	31					

August

Sun	Mon	Tue	Wed	Thu	Fri	Sat
		1	2	3	4	5
6	7	8	9	10	11	12
13	14	15	16	17	18	19
20	21	22	23	24	25	26
27	28	29	30	31		

September

Sun	Mon	Tue	Wed	Thu	Fri	Sat
					1	2
3	4	5	6	7	8	9
10	11	12	13	14	15	16
17	18	19	20	21	22	23
24	25	26	27	28	29	30

October

Sun	Mon	Tue	Wed	Thu	Fri	Sat
1	2	3	4	5	6	7
8	9	10	11	12	13	14
15	16	17	18	19	20	21
22	23	24	25	26	27	28
29	30	31				

November

Sun	Mon	Tue	Wed	Thu	Fri	Sat
			1	2	3	4
5	6	7	8	9	10	11
12	13	14	15	16	17	18
19	20	21	22	23	24	25
26	27	28	29	30		

December

Sun	Mon	Tue	Wed	Thu	Fri	Sat
					1	2
3	4	5	6	7	8	9
10	11	12	13	14	15	16
17	18	19	20	21	22	23
24	25	26	27	28	29	30
31						

她呢？”

这句话说到善祥最烦心处：“我也一直没能见她，东王数次代我请旨，每次都被回绝。真是不明白，为什么天王愣是不准女官探亲，甚至连翼王的姐姐、东王的表妹都不准。”

吴长松蹙起眉头：“我再找人打探消息吧，听说天王暴躁无常，真是不放心她。”

天王府的壮丽奢华，超出了人的想象。

长长的黄墙高两丈、厚四尺，外重太阳城，内重金龙殿，庭柱选料皆是两抱粗的参天大木，盘满了五色神龙。门窗用最好的绸缎裱糊，墙壁涂着光灿灿的泥金粉，地面尽是光滑的大理石屏。金龙殿尤其高广，赤金包皮的梁栋，雕刻着缭绕的龙凤，四壁墙画满龙虎狮象，威严华贵至极。

站在天王府的大门前，仰头只能望到森然的高墙，最多能见一点儿鼓吹亭的琉璃瓦顶。府门左边墙上的黄缎，用朱笔写着尺余大的楷体字：“大小众臣工，到此止行踪，有诏方准进，否则雪云中。”雪云中就是云中雪飞，这是太平天国对杀头的隐语，诗意背后带着凛凛的寒意。

天王洪秀全在攻占天京的前半个月，于芜湖龙船上颁发了一道《严别男女整肃后宫诏》，中有一条“外言永不准入，内言永不准出”：“有传出或传入者，传递人斩不赦也。所传的女官或某臣下，亦斩不赦也。”而洪秀全自己，打从进了天王府，至死也没迈出过半步。他用这道禁令，用这高两丈、厚四尺的深墙，把自己和八十八位王娘、十一个王世子女、两千名女官紧紧地关闭起来。

洪秀全在心里说，我家的事情，此后再不用你管了。

这句话，他是说给杨秀清的。

不得不承认，杨秀清是个奇才，没有他，拜上帝教早就被官府灭了，他洪秀全也早就死在平南山人村了，更不用说金田起事、永安封王、天京建都。带兵打仗、治理国事，自己处处不及这个大字不识的烧炭佬，承认这点虽然有些痛苦，但还是承认了。他洪秀全自认宽宏大量，封杨秀清为东王、正军师、九千岁，职位仅次于自己，甚至上殿来也免跪，特许站在阶下。杨秀清喜欢管事，那么大事小事就由他管去，风头由他出去，杨秀清要是懂事，就该知道满足收敛。就算他再厉害能干，我自己的老婆，也轮不到他管。

可是说真的，洪秀全被自己的这班女人烦死了。

还是在江口的时候，发妻赖氏就和新纳的陈氏闹不和，赖氏耕田婆出身，粗蛮不讲道理，生起气来连他这堂堂天王也敢打骂，真是成何体统！他后来特意写了首诗教导赖氏：“夫道本于刚，爱妻要有方。河东狮子吼，切莫胆惊慌。妻道在三从，无违尔夫主。牝鸡若司晨，自求家道苦。”到了永安，他贵为天王，三十六个王娘当然不多，可是这些女人没有一天不吵闹争斗，他成日给她们断案评理，简直要发疯了。最让人难以忍受的，是几个王娘竟嫌他偏心，联合起来顶撞他，给他脸色看，那个姓段的十八岁小王娘，有一晚侍寝竟然把他踢下床，跌伤了尾龙骨，真真是奇耻大辱。当时自己卧床养伤，杨秀清便借天父下凡替他管老婆。萧朝贵那时还没死，也来凑热闹，又借天兄下凡吓唬这一众小婶。他当时没说什么，但是心里很不高兴，总觉得他们在背后笑他，一定在笑。

天父下凡是怎么一回事，他还不知道吗？

想当年他赴广州应试第三次落第，积愤成疾，猝然病倒，被人用轿子抬回家，昏睡了四十多天。昏睡中，他梦到自己上了天庭，有一位老人授剑给他，要他铲除世间鬼魔。醒来之后看了本《劝世良言》，才明白那老人原来就是上帝爷火华，自己本该是上帝第二子，肩负下凡铲除鬼魔、一统天下的重任。从此他大彻大悟，再不去考什么狗屁功名，索性连村塾的孔子牌位也拆了，接着创立拜上帝教，和冯云山远赴紫荆山传教，一路坎坷辛苦，终于汇聚千万教众。这中间也屡涉险境，亏得许多兄弟姊妹的相助，尤其是杨秀清，创了天父下凡这一出，确实震慑了不少人，也为他洪秀全赢得无上的威望。只是杨秀清既有了这招，便不知收敛，时时要用，事事要用，捉拿内奸时用，定都争议时用，连管他老婆时也要用，谁知道下一次心血来潮什么时候用？真是让人没有一刻不忐忑，没有一刻不惶惶。

洪秀全想起这些，脸色又黑了。

这是夜晚，他躺在华美柔软的龙床上闭目养神，两个女官低着头，默默地用扇子为他驱赶蚊虫，一个扇头，一个扇脚。她们要非常仔细，扇子必须离天王一个手掌远，太近和太远都要受罚。

摇着扇子的女官小蝶，右手不知被什么虫子叮了一下，这一哆嗦，扇子的流苏轻轻擦过洪秀全的鼻尖，他猛地坐起来。

“蠢东西，你要谋害朕吗！”

小蝶慌忙跪下求饶，洪秀全破口骂了一阵，又嘟嘟囔囔了半天，然后命小蝶拿热毛巾来擦脸。他口齿本不清楚，说话声音低沉含糊，又半带粤语口音。小蝶没听见，仍是跪着不动，这下可真惹恼了洪秀全，他怒喝道：“有嘴不应声，该打！”

小蝶满腔委屈：“陛下，卑职没听见你叫我啊。”

“服事不虔诚，该打！”

小蝶不禁提高了音量：“求陛下明察，我在天王府每日兢兢业业，勤勤恳恳，何曾粗心偷懒，扪心自问，又何曾服事不虔诚？”

“讲话极大声，该打！”

“陛下要打便打，只是小蝶实在不知错在何处！”

洪秀全已经怒不可遏了，他向闻讯赶来的女官们喊着：“硬颈不听教该打！躁气不纯净该打！该打该打该打！给朕狠狠地打！”

那小蝶是个倔脾气，板杖落在身上，仍不依不饶叫冤。旁边的统教官石汀兰暗暗教她不要嘴硬，赶紧口诵盛赞天王诗句。要知道洪秀全曾在宫里规定，挨打的人必须面露微笑，口诵赞美词。只可惜小蝶哪里听得进去，只哀号喊叫不断。洪秀全有些神经衰弱，对尖厉嘈杂的声音向来痛恨，他捂着耳朵，连声喝令拉出去焚香沐浴。女官们心惊胆战，大气也不敢出，她们知道焚香沐浴之后，小蝶就得拉到后花园云中雪飞了。

小蝶走了，内殿典天袍的职位就有了空缺。又副月宫余王娘心里早有了人选，便连夜通知提教官朱九妹，要她第二天把那个会弄香的妹妹送过来。

终于，傅菀祥等到了接近天王的机会。

在天王府这几个月，她委实吃了不少苦头。

太平天国不设太监，洪秀全严禁任何男性进入圣天门以内，因此天王府庞大的土木工程，就只能交由妇女来完成。内廷的宫殿屋顶，就是请外面的工匠造好框架，抬到宫城两道城墙间的空地，再让女官抬进禁区继续施工。天王府周长七里，两道城墙，一道护城河，九重宫殿，两个花园，这里面修整宫殿、挖河筑城、打理禁苑，都是由女官们的柔弱之躯亲力完成的。

菀祥也曾是那些女官中的一个，赤日炎炎自然是从早干到晚，大雨倾盆的时候也要冒雨赶工。天王站在高高的假山亭子上，举着西洋望远镜亲自督工，谁敢步子慢些，偷一下懒，直一直腰，他即刻就能看见，身边女官一路急急传令下去，每次都能抓出几个人来打。这简直比在女馆里还要难挨，女馆里还能盼一场雨呢。

离开女馆的时候，她何尝没有过一番志向，现在只得承认连自保都难，谈什么有本事解救娘和二姐？她想念她们，又觉得自己没混出个样来，没有面目见人。她也有她的骄傲，二姐总说她整天就想着吃、没心没肺没出息，她就要争口气给二姐看看，不能一辈子被你们瞧死了。

可事实上，她压根儿就没有机会见她们，连翼王石达开的妹妹石汀兰，都不能探望病重的母亲，东王杨秀清的表姐杨长妹，都不能回去看望才五岁的孩儿，最底层的女官们又敢企盼什么呢？初来时，尚能托典天厨的女官出宫领肉菜时捎个信，现在天王戒得更严，内言永不准出，违者杀无赦，八月间就杀了一个典天柴的女官，她只是帮人带了一封信。想起娘临别时说“这以后再想见你，要到什么时候呢”，夜里睡不着时就更觉伤心，她不是要老死在这天王府里吧，她这辈子还能见到娘吗？已经很久没有她们的消息了，只知道二姐考中女状元，深得东王的器重，这是唯一可欣慰的事情，二姐出息了，娘也能享点儿福吧。可是她还在这里挖土砌墙，她的出息在哪里啊？

只是，又有什么好抱怨的呢？贵如天王的王娘，还不是一样要在日头下、风雨里凿地挖塘？王娘们总在惹天王生气，每天都有不同的王娘被罚下来做工，就连又正月宫赖王娘也被罚过，也一样乖乖弯腰挑土，而且她干得比很多人都像样。天王府里似乎没有永远尊贵安适的女人，一切全在于天王的喜怒。

与又副月宫余王娘的结缘，是在一次挖壕沟中，余王娘不惯拿铁锨，勉力干了半天，手上水泡疼痛难忍。菀祥就从花园里采了些草叶挤出汁给她敷上，半个时辰水泡自行好了，余王娘惊叹不已，从此记住了她。菀祥机灵，趁机调制些七香嫩容散、桂花香油之类，又一一教余使用。须知道，这余王娘之所以被罚做工，就是因为性情粗疏，一直学不会刷牙敷粉。洪秀全嫌她不香，还特意作了首诗讽刺道：“跟主不上永不上，永远不得见太阳！面突乌骚身腥臭，嘴饿臭化烧硫黄。”说也奇怪，余王娘用了菀祥的秘方，容貌增添了许多光彩，一时天王频频宠眷，惹得其他王娘暗暗嫉妒。

余王娘为了报答菀祥，应许帮她谋个舒服的差事，不用日晒雨淋，级别高些，供给好些，这次正好可以还个人情。次日一早，余王娘对着菀祥细细交代，伴君如伴虎，不可稍懈怠。天王不喜巨响噪声，早晚报时锣鼓响的时候，要分外离他远些；天王爱整洁，身边女官要勤漱口以使话语清新，眼圈和双手也要洗干净，绝不可修拔眉发；给天王穿衣的时候更要多加小心，穿外袍要把领子抚平，但是万万不能碰到脖子，戴帽子必得从背后戴，一定要端端正正。

菀祥一一谨记，时刻提醒自己留心，可是第一天还是犯了错。

她不知道该怎么看他。

给天王穿外袍，距离这么近，眼睛该怎么放呢？菀祥不敢直视，只能往两边看，不料天王这样就生气了：“眼左望右望，是嫌朕貌丑不愿看吗？你该打！”

菀祥赶紧收回眼神，正面直视，谁知这样也不行。

“起眼看主人，又该打。”

菀祥吓坏了，忙跪地求饶，声音直打战："求天王恕罪，卑职该死，求天王开恩。"

"少教养！不知道看主单准看到肩，最好道理看胸前吗？"洪秀全气哼哼地说，"讲话不悠然，还是该打！"

那天要不是石汀兰和杨长妹求情，她真的要挨一顿板杖了。石汀兰和杨长妹都是王室女眷，天王多少还给点儿面子。

从殿上下来，菀祥发现自己背后全是冷汗。

十三、聪明信

菀祥渐渐发现，天王的可怕，是他自己竭力装出来的。

石汀兰她们说，天王以前还是很通达的，也准许女官们偶尔探望家人，现在不知为何没一点儿人情味儿。天王以前也没有那么凶，只是性子有些偏执。现在脾气这么暴躁，应该是心烦的缘故。菀祥不知道天王为什么心烦，但很快学会“不顶嘴、多认错”，如此就能在他眼皮底下保平安。很多时候，天王就像个死要面子的老人家，撑着又空又大的架子，绝对不容许一丝怀疑和抵抗，即使在内廷也正襟而坐，不苟言笑，生怕别人不怕他。而其实，很多人也只是表面装作怕的样子，背地里谈论起又是另一番口气。他的空架子没能威慑住多少人，连五岁的幼主洪天贵福也管不住，有一次幼主在大雨里疯跑，天王在楼上吼了半天回来，快快回来，那孩子根本就不听他的。

这些事让他沮丧吧，他排解郁闷的方式是听管风琴。这琴天京城只有一架，非常珍贵，每当悠长美妙的琴声奏响，天王绷紧的脸才有些松缓的意思，那时候的他，看起来非常累。

管风琴虽是天王的爱物，女官们一样敢动，趁着他不在殿上的时候，大家总要去摸一摸，菀祥也去按了好几次。终于有一天琴坏了个键，天王大发雷霆，却也找不出是谁，此后只得把琴上了锁。

你看，大家能有多怕他呢？

浴室天泉，是天王极为珍爱的地方。他热爱洗澡，与粤人风俗有关，更因为他有过分的洁癖。天王的天泉，陈设布置自是奢华无比，浴池是大块绿翡翠砌成的，边上镶满了闪闪的宝石，四面墙上绘着精美的图画，池中水流如温泉，和暖舒适而常年不衰。最奇妙的，是天泉中央那颗硕大的夜明珠，晚上把整间浴室照得光芒万丈，明亮胜过十盏烛火。天王入浴的时候，女官们须备好四条丝绸浴巾，像现在这样的立冬天气，怕他冷着，定要先暖热一遍。还有一条最讲究的，浴巾必须用香熏过，天王喜欢芬芳扑鼻的浴巾，他喜欢自己一身香气。

不止他一人爱这天泉，很多女官都爱，各人总有办法偷偷进去享用一次，那真是美极了的感受。天王最后还是发现了，也是大发雷霆，还是找不到谁。他没法，只得规定女官若非当班，不得进入天泉；若要使用，须先登记，俱道实情，不能隐瞒。

但她们常常还是不登记的。

菀祥最大胆的时候，是在三更时分把朱九妹偷偷领进天泉，让她好好泡一泡龟裂的脚。入冬以来，雨一阵雪一阵，冻住的泥土坚硬难挖，天王嫌女官进度太慢，不许她们穿鞋，赤脚在寒冷中站不住，就必须不停地赶工。朱九妹的双脚全是裂口，泡在温水里痛得掉泪，菀祥叹着气帮她洗干净，又上了药，这才好转了些。可是明天的劳作又怎么办呢？朱九妹是她结拜的姐姐，两人感情深厚，无论如何也得想想办法，菀祥咬着嘴唇动起脑筋来。

天王召见，这可是一件稀奇事。

北王韦昌辉赶紧坐了轿子，匆匆赶到天王府。进了金龙殿，跪拜请安完毕，洪秀全赐了座，韦昌辉便奏报了天国近段时间的大事。

“二兄，北伐军战况尚好，东王四兄运筹帷幄，指挥有方，现已攻克了重镇沧州，占领了静海。李开芳率领一支队伍进至独流，即将攻下天津，现离京城仅有十里了，胜利在望，二兄就等着捷报传来吧。”

“嗯，这都是天父保佑之功劳。”

“只是目前西征战线遇挫，入秋以来，曾妖头的湘军水师来势凶猛，先取了嘉鱼，又攻下武昌，现在又往田家镇来了，幸而我太平军有铁索护江，谅他们也冲不过来。”

“五弟不必劳心，天父自会保佑。”

“二兄说得是，天父率天兵天将一起下凡助我太平军，曾妖头必死无疑。”

“五弟，朕要起草一份极为重大的诏谕，特找你来商议。”

“愿听二兄明示。”

“朕近日苦思冥想，我太平天国既为天下正统，清妖所居之地便为秽地，妖有罪，地亦因之有罪，故应该贬直隶省为罪隶省，贬北燕为妖穴。”

韦昌辉拊掌道：“极好极好，二兄这个主意极好！”

洪秀全得意，继续道：“京无二，天京而外都不准称京，朕现贬北燕为妖穴，等这个罪隶省知道悔罪，懂得敬拜天父上帝，然后更罪隶之名为迁善省。”

韦昌辉赞赏道：“圣明如我主二兄，才能有如此不凡识见！鄙陋如小弟这样的，再长几个脑袋都想不出来。”

洪秀全抚着胡须又说：“那咸丰皇帝乃是世间群妖之首，咸丰本意俱各丰裕，朕以为应加上犬字旁，如此一来，人人都能看出狗性。”

韦昌辉跺脚叹道：“正是呢，妖头也配用好字，我呸！”

洪秀全说得高兴，韦昌辉极尽奉承，直把天王哄得心满意足，神采飞扬。韦昌辉正自喜时，忽地洪秀全话锋一转，语气严肃起来。

“朕听说，清妖营里传言，说什么天王已死，太平天国只有东王，天王府里不过供奉着一块木雕。”

韦昌辉大惊失色，忙道：“妖言惑众！二兄千万不要介怀。只是不瞒二兄，东王素来威风不知自忌，不怪外间有此谣传。小弟只为二兄愤慨不平，可叹我主二兄堂堂天王万岁爷，仁慈宽厚，一味谦让，反给了妖人造谣的机会！”

洪秀全强笑了几声：“这有什么，我与东王俱是天国良民之主，妖言何足挂齿？好啦，你退下吧，朕累了，朕要去天泉沐浴。”

他的脸瞬间冷成了一块铁。

菀祥运气不好，偏偏是这个时候犯了事。

她这些日子费了好多心思，配置出一种汉宫白玉透肌香，这种香，堂皇馥郁，沁人心脾，更有安神解烦、调中导滞的功效。天王浴巾的熏香每天都是那两种，不是笑兰就是桂花，负责调香的女官技拙敷衍，贵如天王竟然也不挑剔。菀祥技痒已久，这次决意以此出奇制胜，趁自己当班，用新制的香熏了浴巾，只等天王惊为天香，龙颜大悦，那时候自己的才干既被赏识，便会委以重任，既担重任，便可谏言添帮手，到时把朱九妹姐姐调到身边，那简直易如反掌。她越想越开心，简直是数着指头盼天王快快入浴。

天王浑身上下突然出了许多红疹子。

他现在的表情是震怒的，这震怒超过以前任何一次，真正让人胆战心惊，菀祥只觉得一道寒气由双足直穿脊梁背。谁能想到呢，那么好的汉宫白玉透肌香，有人竟会生疹子！那么好的香啊，只有极少极少的人才会生疹子，可那个偏偏是天王。她暗暗吐舌，知道自己闯大祸了，可是天王那样子又很好笑，满头满脸的红疹子，因为大怒而更红，像赤豆大烧饼，又像一个红艳艳的草莓，还是摇来晃去的那个。

忙中越发添乱，偏这时赖王娘和余王娘动手打架，又抓又扯又喊。追究起因菀祥还是魁首，因赖王娘妒忌余王娘变美，便也要菀祥配香粉给她搽。可惜赖王娘年岁老大，效果不那么明显，反招来天王讥嘲，余王娘也跟着笑了几句，这就动手打起来了。

内殿现在乱成了一锅粥，天王要惩治打架的人，喝令所有王娘到场。怀孕两个月的黄王娘正犯孕吐，便一手捂住嘴鼻，天王以为是嫌恶他脸上的红疹，羞恼之下一脚向她腹部踢去。黄氏哀呼，众人一起尖叫，天王挥着拳头怒吼："不准叫！"

赶紧逃吧，趁他发火要一段时间，惩治打架王娘要一段时间，查疹子要从典天厨查起，直到典天茶司天水查到典天袍的她，也要一段时间，赶紧逃。

可是，她能逃到哪里去呢？

那么高的墙，那么厚的砖，天有罗，地有网，到处都安着大刀侍卫，就算插翅，你以为能飞得过五步？藏起来吧，藏到树林里，藏到屋顶上，变成小鱼虾，藏进水池里，变成小飞虫，藏在草叶下，变成一粒尘，藏在帽子上，变成一根大柱子，谁也认不出，直直地站着索性不藏。如果她这次逃不过，如果她被云中雪，下辈子会变成个什么呢？变成个什么好呢，现在要不要提前想清楚？

她心慌意乱，胡思乱想，躬身猫在后花园的灌木里，夜冻风凉，磷火闪闪，记起好几个女官都是在这里云中雪飞的，不禁打了个哆嗦，哪里还敢久留？再加上晚饭未吃，腹中饥饿，干脆直奔典天厨去，活就做个饱汉，死也做个饱鬼，她悲壮无比地想。

正走着，前面弯处一点亮光，随即听到两个女人在说话。

“我开的方子，一为止血，一为安胎，你们要小心照看黄王娘，如她明日午前仍流血不止，就再传我来。”

“有劳圣医了，饭都没吃就跑来，现典天厨准备了些茶饭，还请圣医用过再走。”

“有劳贞人厚爱，既如此，我就恭敬不如从命了。”

菀祥的心扑通扑通地跳，这声音听起来怎么这般耳熟？她躲在一棵树后，等着她们走出来，灯笼的一点光线，微微照亮那背着药箱的中年妇人，菀祥激动得差点大叫起来。

你道那人是谁？正是从小宠她如女儿、亲手教她调制香粉药草的葛天成堂葛夫人。原来这葛夫人全家一直躲在乡下，前段时间北王重金悬赏遍请名医的时候才回到城里，夫妇二人都在王府坐诊，葛天成任天朝掌医，专治外科，葛夫人任天朝督内医，专治妇女病症。今晚黄王娘被天王踢了肚子，葛夫人被请来诊治，这才和菀祥有了相遇的机会。

菀祥用手紧紧掩住口，抑制住相认的渴望，等她们渐渐走远，便悄悄跟了上去。等了一会儿，那女官出去，只剩葛夫人一个在厨里用饭，菀祥方才推门叫声葛夫人。

两人重逢的惊喜与慨叹自不必说，菀祥也无暇和她多说，眼下自己命悬一线，一线生机全赖这葛夫人，但她生性机灵，知道话不可全说。

“葛夫人，我有一事相求。”

“好闺女，咱们娘儿俩何必客气？”

“我想请您带件东西给我的二姐善祥，您知道吧，她现在可是东府的红人。”

“这个，好闺女，要看是什么东西，可千万别是有字的纸，咱们进出都要搜过，搜出什么可是要砍脑袋的。”

“不会不会，菀祥怎会不知道这规矩呢，我求夫人带给二姐的，不过是些药草，这药草可是救命的哟。”

“这话怎讲？”

“我二姐患了一种恶疾，常常无故咯血，正好有位广西老姊妹教了我一个秘方，说是要采一种聪明草，用火烤黄煎水服了，吃两次就能断根。”

“咦，这聪明草我倒是第一次听说，二小姐从前倒不像是有病症的。”

“这哪是说得准的事啊。偏巧这聪明草，天京城里只是天王府才有，也是广西老姊妹带来的种子。我就想求葛夫人，帮我交些药草给二姐，葛夫人向来慈善友爱，仁心圣手，定能救我二姐的命。”

“只是药草倒无妨，反正我药箱里装的就是药草。”

“那我赶紧去花园里采，您慢慢吃，且等我一会儿。”

半炷香的工夫，葛夫人要走了，菀祥急匆匆地赶回来，把一个白纸药包塞到她手上。葛夫人打开来看，果真就是数茎药草，刚采下来，凉凉的，还带着微霜，这才依旧包好，放在药箱里。

菀祥握住葛夫人的手，语气有些哀切："求夫人今晚就去救我二姐，药草一个时辰之后便会失效，求葛夫人救命。"说完就要跪下。

葛夫人心软："你这闺女倒是个疼姐妹的人，好吧，我这就去。"

"还求夫人转告二姐，聪明草如何服用。"

"用火烤黄煎水服了，吃两次就能断根，放心吧，好闺女。救人一命，胜造七级浮屠。"

葛夫人的灯笼渐行渐远，一点亮终于消失在天王府的夜色里。

菀祥痴痴望着，身边走过几个女官，一个说道："你是典天袍的傅菀祥吧，怎么跑到这里疯了？殿上好像正点你名字呢。"

半年来终于有了菀祥的消息，虽然时已夜深，善祥还是惊喜非常。只是葛夫人的交代很奇怪，自己什么时候得过咯血恶疾？菀祥素来刁钻淘气，这里面必有蹊跷。

送走葛夫人，善祥在灯下打开白纸包，里面只有些带泥沾露的什么所谓聪明草。正迷惑间，想起葛夫人叮嘱用火烤黄，忽地灵光一现，心领神会，摊开包药草的白纸，凑近烛火熏烤，果然纸上现出菀祥密密麻麻焦黄的字迹，尽述天王宫殿里姊妹们所受的苦楚，尤其是她自己一命危悬，恳求善祥请东王施救。这正是菀祥幼时最喜欢玩的聪明信，用葱白汁写字，白纸不留痕迹，必须在火上微烤才能看见。

她必须求他了，没有别的办法，她必须不顾一切救妹妹。娘没了，鸾祥逃走了，无论如何不能再失去菀祥。

这是她第一次求他，求人对她来说不是件容易的事，心性高，脾气硬，她是宁死也不低头的那种人，也是对一丝怠慢就敏感得拂袖而去的人。可现在她得求他，明知这会让杨秀清很为难，天国大事固然多由他裁决，可君毕竟是君，天王毕竟是天王，天王内宫的事，哪能随意僭越？

杨秀清听毕菀祥的信，果然皱起了眉头，善祥心底一凉。

“还是那个臭脾气，一世人都不懂事。从前我屡屡劝他，一国之君要海量，对待女官要宽仁，他就是改不掉。”

杨秀清说了这句，又马上为洪秀全开脱起来：“天王只是脾气坏些，心地还是好的。说起来只怪那场大病，考了三次乡试都没中，你想他四十多天昏睡不醒，明白人也会烧糊涂的。现今糊涂人做糊涂事，旁人又能如何？”

“这么说，天王是不会轻饶菀祥了。”

“我也没法。”杨秀清神情莫测，“只能寄望天父下凡救她了。”

“天父怎样才会下凡？”

“说不准，天父无所不知，天父无所不在。”

善祥彻底无望，她行礼道谢，默默地正准备退下，忽地听到杨秀清“啊呀”地叫了一声。

只见杨秀清跌在地上，四肢不停抖动，表情似极为痛苦。善祥手足无措，想上去搀扶，却被一把摔开了手。杨秀清满头是汗，挣扎着从牙缝里说出一句话：“诏杨水娇、胡九妹、谭晚妹、谢满妹。”

善祥慌忙传令下去，四位女官匆匆赶来，习以为常般镇定，只齐刷刷俯身跪在地上，同声说道：“天父劳心下凡，小女等齐到，敬听天父圣旨，求天父教导。”

只见杨秀清慢慢站起来，缓缓地扫视着众人，瞬间变成一副森严肃穆的面孔，厉声说话，声音也变成另外一个人。

“速传你们北王来，听我天父吩咐。”

杨水娇赶紧出二府门鸣鼓，即有男承宣到北府传诏。

“北王还没到，你们将我的圣旨禀奏东王，教他登朝启奏天王。天王脾气太烈，性格像我，度量也要像我，主宰天下，凡事皆要从宽，女官在天朝佐理天事，有不合时宜的地方，一定要悠扬教导，海量宽容，使她心悦诚服。”

“小女遵天父圣旨。”

“杨长妹、石汀兰现在天朝佐理天事，也有一段日子，况此两小女分属王姑，情同国宗，至于朱九妹、傅菀祥，也有前功，准其一起休息，免其理事，或居天朝，或居东府，安享天福也。”

“蒙天父劳心下凡教导，小女遵旨，自当将天父圣旨禀奏东王。”

“你们遵旨便是，我回天了。”

他跌坐在座椅上，疲倦地侧着头，善祥看得目瞪口呆，不知这个人到底是谁。

这时北王韦昌辉等人才到东府头门，还不知天父回天，都黑压压一片跪下高呼：“小子屡多过错，劳天父操心下凡，恳求天父赦罪，开恩教导小子。”说完，男承宣便鸣鼓传女官出来禀奏。杨水娇从内殿出来道，“刚才天父劳心下凡，现已回天去了。请北王同各位大人平身。”

韦昌辉站起，这才有空理好匆忙套上的衣袍。北王府离东王府很远，每次天父下凡都把他急死，常常是在马车上赶穿朝服，赶到时不止一次帽斜袍歪，被杨秀清讥笑了好几次。

“天父开恩降凡，是什么教导？”韦昌辉紧张地问，杨水娇把天父刚才的话说了一遍。这时杨秀清已穿戴整齐，前簇后拥地走出来，面无表情地说：“五弟来得正好，天父命我们登朝启奏，事不宜迟，咱们速速动身。”

韦昌辉赶紧在前面开路，快到天王府时，心里忽然有了计较，一边派人先行通知洪秀全，一边派人去问杨秀清的金舆是停在朝厅，还是直入朝门。不一会儿飞回禀报，说东王正在车内安福，不敢惊驾，天父又下凡来了。

韦昌辉暗暗叫苦，急忙下车边跑边跪，在车外小心探道：“天父劳心下凡？”

车里人的声音充满恼怒：“对。你们速速将金舆抬到金龙殿前！”

韦昌辉应声遵旨，一路气喘吁吁跑到前面指挥安排。

可怜满身疹子的洪秀全，正穿着浴袍在后殿审问肇事女官，忽听得天父下凡，金舆即至，慌忙唤人更衣。他心急火燎地喊着“快快快”，催得给他穿袍的女官手忙脚乱，不是碰了鼻子就是碰了脖子，疹子本就痛痒不止，这下子更是把他激得咆哮跺脚。好不容易穿戴完毕，跌跌撞撞赶出二朝门迎接，却见威坐的杨秀清已是满脸怒色：“秀全，你有过错，你知道吗？”

洪秀全扑通一声跪地：“小子知错，求天父开恩赦宥。”

“你知道有错，即杖责四十！”天父冷冷地说。

众人俯伏地下，一齐哭求天父开恩，韦昌辉往前膝行几步，挡在洪秀全面前，号啕道：“天父开恩，赦宥我主应有之责，小子愿代天王受杖。”后面的众朝官也一起悲呼开恩，纷纷要代天王受罚。

洪秀全面如死灰，回头道：“不得逆天父之旨，天父开恩教导，秀全自当受责。”说罢趴伏身子，准备挨打，众朝官眼看天王要挨板杖，一国之君威荡然无存，不禁个个哭了起来。

这时天父和缓了语气：“你既已遵旨，我便不打你了。但先有石汀兰、杨长妹，当使其各至王府，与国宗一体安享天福，不用协理天事，朱九妹、傅莼祥两人，前亦有功，亦准居王府，安享天福。余下的事情你清胞自会禀奏给你。我回天了。”

言毕，他双眼一闭，瘫软在椅上。

韦昌辉和众朝官这才敢扶天王回殿，又有朝官把昏迷在椅上的杨秀清背上殿来。

洪秀全脸色阴郁，好半天才悠悠说道：“天父劳心下凡教导，我们小子总要知得天恩。”

众官跪下，山呼万岁，皆喊遵旨。

这时杨秀清才醒转过来，望望四周，忙从椅上站起来：“怎么回事，本王记得刚才还在路上，怎么就到了金龙殿？”

韦昌辉堆了笑说：“四兄，刚刚天父又劳心下凡来了。”

杨秀清喜道：“又劳天父下凡？他老人家真是太操劳了。只可惜每次本王都不在场，不能亲耳听他教导，想来真是憾事啊。”

洪秀全一言不发。

杨秀清请了御安，仍站在阶下不跪：“陛下，刚才天父在弟府内下凡，命小弟等登朝启奏我主二兄。”

洪秀全问：“清胞，天父有何圣旨？”

杨秀清抬起头来，朗声说道：“天父圣旨命小弟启奏我主二兄，女官在天朝理事，若有小过，暂且宽恕，即使教导，也要悠然，使她无惊慌之心。譬如凿池挖塘而论，不比筑城作营，若遇天时雨雪霏霏，可暂且休息，以待来日。”

洪秀全点了点头。

“譬如男官女官，犯了死罪，固然是由我二兄奉天法诛戮，以正天法，但是小弟仔细想来，那犯人固然死有余辜，恐怕其中有些不明不白之冤，如果突然杀了，难免有误。小弟大胆，凡属男官女官有犯死罪之人，恳求二兄格外开恩，交付弟等细心严审。这样便再无不白之冤，而我二兄恩威并行，赏罚更为周密，不知可否？唯望二兄开恩诏明。”

“清胞所奏很有道理，自此以后，朕每事必先与清胞商酌便是。”

“二兄明德，乃我天国的福气。”

洪秀全忽地朝韦昌辉笑了声：“朕思来想去，天父圣旨怎可不遵？那四十杖，应该照打了才对。”

韦昌辉忙说：“天父已经开恩，不用杖责，请二兄宽心。”

杨秀清一脸迷惑：“天父杖责，这又是怎么一回事？”

韦昌辉把经过说了一遍，杨秀清也道：“求二兄宽心，天父已经开恩，二兄遵照天父圣旨，杖责就免了吧。”

“不行！”洪秀全执拗地说，“我从前在天庭时，知道天父的性子耿烈，但他老人家有海般肚量。今日天父劳心下凡，要杖责你二兄，都是因为你二兄肚量狭窄，绝对不可轻饶！传杖板来！四弟，朕今日要劳你亲自操杖，千万别留情面，必要狠狠打我四十！”说着半真半假地闹将起来。

杨秀清等极力劝阻哀求，洪秀全这才悻悻作罢。

杨秀清最后道："二兄性格，乃是天父生成，子肖父性，不算是量小，还请二兄宽怀，坐享天国，万寿无疆。"

奏毕，杨秀清携众官跪下，山呼万岁，奏请退朝。

折腾了大半夜，回到东府，杨秀清已是精疲力竭，却仍把善祥传了过来。善祥刚与妹妹团聚，悲喜交加，泪痕欢颜同在，此时自是感恩不尽。

"全赖天父恩典，不必谢我。"杨秀清摆摆手，笑得有些疲惫，"不过你放心，离开天王府，令妹会有个好差事。本王拟封她为典妆官，职同总制，主供宫闱脂粉，这也算是各尽其才了。"

"本王虽然没有兄弟姊妹，但你的姐妹就是我的，看到你们姐妹团聚，我真心和你一样欢喜。"他诚恳地说。

善祥满心感动，每当这时她就口拙得紧，不知说些什么才好，总觉得世间所有语词都不足以表达，说得出的都不够厚重，所以反而更是沉默了。

杨秀清的神思却已游向别处："今日在天朝，本王将天父圣旨启奏我主二兄，也不知妥当不妥当。"

善祥道："殿下所奏，乃是奉天父圣旨，合天心，顺民意，没有什么不妥当的。"

杨秀清挑起嘴角，傲然一笑："做了就做了，管他妥当不妥当！"

他一边寻思一边说道："过两天本王还要上殿进谏，谏他应体恤下属，恩典女官归家省视；谏他君使臣以礼之道，勿要虎视监督女官做工；谏他从宽教导王娘，再不能用尖靴踢孕妇；谏他节用爱人，袍服用度不应铺张浪费。我这也是为了他好，受得了直谏，才能尽为君之道，你教我的那句正该用上，木从绳而得直，君从谏而得正。"

善祥微笑不语。

这样的人，她怎能不愿意倾力相助？

十四、水里的月亮怎么会是半个

善祥有时会哑然失笑，平生最重学问文章的自己，却偏偏为个大字不识的男人倾倒了。

这个不识字的男人，有着充沛的精力。他操持公务至夜深，仍欲罢不能，大事小事应对有方，有条不紊；他黎明即起，从不有丝毫怠惰；他奕奕有神地端坐在殿上，霞光照进来，天地都是光灿灿的。

这个不识字的男人，有着宽广的公正心。东府智囊团商讨《天朝田亩制度》条款，他慷慨说道："本王要的是，有田同耕，有饭同食，有衣同穿，有钱同使，无处不均匀，无人不饱暖。"所以他赞同分田受产不论男女，开办学堂男童女童一样读书，天下婚姻不论财，女子也和男子一样堂堂为人。

这个不识字的男人，有着常人难以企及的洞见。他能预知千里之外的战况，田家镇水战前，溯江送去水木排以安放炮位，占据天险扼守峡口，整整比战报早了十一天，料敌机先，无人不服。

这个不识字的男人，还有着永不衰竭的好奇心，大到天地苍穹、千年历史，小到地方风物，一个语词，他都兴致勃勃地探个究竟。他的求知欲有时更近于一个孩子，好奇里带着些顽皮，让人想起来，总是忍不住莞尔。

那次英国人的"响尾蛇"号从上海开来，呈送了三十个问题，问贸易、问法令、问关税、问军制，三十个问题都是他一人流利作答，善祥只恨笔录得不够飞快。

他显然对这种问答的方式饶有兴趣："等等，本王也要向洋人提些问题。"

善祥提笔静听，他沉吟着，嘴角上却挂着狡黠的微笑。

"傅先生就写，你们各国拜上帝这么久，有没有人识得……"他一本正经地说，"上帝有几高大否？上帝面何样色否？上帝腹几大否？"

善祥"扑哧"一声笑了，也顽皮起来："要不要再写上，上帝生何须否？上帝须何样色否？上帝须几长否？"

杨秀清哈哈大笑："写上，写上，本王正要问到胡须。"

"接着是不是要问到……上帝戴何样帽否？上帝着何样袍否？"

"我刚想到这个，你就先说出来了。"他会心笑道，"本王还要问他，上帝原配是我们天母，即生天兄这个老妈否？"

"上帝前既生子耶稣，今复生子否？"

"上帝单生独子，还是亦同凡人生有好多子否？"

"上帝会题诗否？"

"果然是女状元问的问题，本王再追问一句，上帝题诗有几快捷否？"

两人你一句我一句，说说笑笑不觉写了五十个问题。杨秀清在文书上盖上自己的大印，装进华贵的黄色封套中，遣人送到英国人船上。特使回来禀告说，那些英国人为了尽力回答问题，还紧急开了次宗教会议，搬出厚厚的《圣经》逐条查阅，整整鼓捣了一个通宵。

杨秀清听了，转头去望善祥，两人灵犀一点，会意一笑，好像在保守一个淘气的小秘密。

他们开始心照不宣地拥有了一些小秘密。

还是月满西楼的晚上，冬天的月光，庭前白亮亮的一片，伏案书写久了，乍地一望，还以为下雪了。忽然记起今晚是旧历十一月十五，文德桥的月亮他一定从没见过。

善祥脱口而出："我带您去看月亮吧。"

杨秀清一愣，笑道："你又想爬到屋顶上去吗？"

"不是，跟我去文德桥如何？文德桥的月亮天下无双。"

"是吗，有什么不一样？"

"您去了就知道了。"善祥咬咬嘴唇，鼓了些勇气说道，"只是，咱们能否悄悄地去，就当是微服私访。我怕您的舆马仪仗太过盛大，会引来许多瞩目，也会扰了这么美的月光。”

杨秀清犹豫了一下，豪爽地说：“好，就依你。”

两人换了便装，悄悄从偏门出了东王府，街上空寂无人，间或有一队巡查的兵士走过。小风微寒，反让人格外清爽。

那是种奇妙的兴奋，好像两个人要一起私奔到天涯。她在前面带路，不管不顾，任性活泼得像个小姑娘，他脚步轻捷紧跟，不时左右望望，一脸煞有介事的警醒。青石板路上微微结了点儿霜，落下两人的脚印。月亮温柔望着他，仿佛昨日相识，杨秀清终于慢慢松弛下来。

有多久没这样走路了，习惯了出入车马舆轿、声势浩大、前呼后拥、气派威风，他刚一出府门竟然有种落单的惊慌，又好像回到从前最孤苦伶仃的日子，所有的猛兽和恶人都会来欺侮他。然而他很快冷静下来，这是他的地盘，他是威严权重的东王九千岁，就算不穿龙袍，就算一个人走在街上，他也是号令天下的王。

“这街道的月光，又让我想起了紫荆山里。”

“一个人在月光下走山路？”

“正是，天上一个月亮，山里面一个我。”

“你就大声唱起歌来，这样便不那么孤单。”

“其实那是壮胆，你知道吗？小孩子害怕，但是害怕也得往前走啊。”

“此刻你想不想唱歌？可惜我没把笛子带出来。”她真想在这样的月下吹奏一曲，而他就在旁边歌唱。

他略微有些遗憾：“如今哪能随便唱呢？哎，月亮还是那个月亮。”

“总是有些不同吧，小孩子已经长大了。”

“不同的是有你。我常想，紫荆山那么多好东西，要是当时有你在该多好。”他看似无意地说，这话让她心里一动。

两人一边在月下走着，一边自自在在说着话。这感觉如此奇妙，好像天地间只剩下他们二人，还有这月光，多一分嫌挤，少一分又嫌寂寥，一切都是刚刚好。

杨秀清忽然感叹：“良时美景，可惜我不会作诗，未免辜负了月色佳人。”

善祥体贴地说：“作诗太酸，不如来个俗语对爽快。”

“俗语又怎么对？我恐怕会被你笑话。”

“你天资聪颖，神思敏捷，我还怕输给你呢。”

“这点儿倒是不假，若不是因为家贫，我读书肯定比天王厉害，说不定也中了什么举人。”

“那咱们先从二言的开始，我出个‘桃干’。”

“我便对个‘杏核’。”

“是吧，果然聪颖！再来一个‘油炒饭’。”

“这油炒饭太肥腻，斟上一盏‘醋泡茶’。”

“吃了炒饭喝了茶，凡事‘丢在脑壳后’。”

“总有些事忘不了，我要牢牢‘攥在手心中’。”

“闲极无聊，磕个青果泡茶吃。”

“无事生非，拿着红枣当火吹。”

“真聪明，可惜不识字，巧妇难为无米粥。”

“少废话，只要有本事，老娘不是省油灯。”

善祥捂着肚子大乐：“一个九千岁的老娘，岂不是成了千年老妖？”

杨秀清笑道：“人家周朝的皇帝为博美人一笑，不惜点着烽火台，能让你笑得这么开心，我就是做一回九千岁老娘，又有何妨？”

善祥红了脸，掩饰道：“好了，别偷懒，也该由你出些来对。”

杨秀清想了想，说：“小头鬼。”

善祥随意对：“大力神。”

杨秀清摇头：“这个对得不好，我有一个更好的。”

“是什么？”

“大脚仙。”

善祥一愣，随即明白他在笑话她，不禁气得跺脚，满脸娇俏可爱：“你刁钻，不算不算！”

“好好，再来一个，‘今朝有酒今朝醉’。”

“终日打柴终日烧。”

“说中了我的老本行，‘装龙像龙装虎像虎’。”

“嫁狗跟狗嫁鸡跟鸡。”

不知不觉间，两人已走到了文德桥，月光洒在肩上，忽地杨秀清低头看她：“你要嫁的人是谁？”

善祥脸热辣辣的，不敢抬头看他，也说不出一句话。

他温柔地握住她的手，她感觉到自己在轻轻地战栗，半边身子仿佛冷着，而被他握住的那半边又灼灼地热。他的手温暖而粗糙，触及处有微微细细的麻，她不适，她怕，却又不想挣脱。她怎会这样？这样愿意被他握着。

她害羞，目光灼烫，不敢去看他，垂下头，却又忍不住要仰头望天。满天月光温柔，夜空轻渺，今夕何夕？

“这桥上的月亮，有什么不一样？”他也有些慌吗，忽然找些话来说。

她羞涩地抽回手，轻轻地答：“你往水里看啊。”

此时正是子夜时分，两人立在桥上，月悬顶天，文德桥东西两侧的水面上，忽然各现出半个月亮。杨秀清大惊失色，抬头望天，却仍是好好一个圆月。

“怎么会这样，水里的月亮怎会是半个？”

“这就是大名鼎鼎的‘文德桥上半边月’啊。”

“这地方有些邪门。”

“传说李白最爱明月，曾于十一月十五日夜到文德桥上观景，那晚他喝多了酒，见到月亮掉在水里，便跳下桥捞月，水中月亮也就分成了两半。”

“我觉得这事不大吉利。”

“没有什么不吉利的，是工匠刚好把桥造在日晷子午线上罢了。”

“我不喜欢分开两边的月亮。”他执拗地说，情绪忽然阴郁起来，“月亮只该圆满，圆圆满满。”

那晚回到东府边上，有两个巡夜的兵差些把他俩枷起来，虽然善祥赶紧拿出腰牌，但他们还是冲撞了东王。杨秀清发了很大的火，激动得喊打喊杀，回府换了衣服即刻命人击鼓升堂。王府的人都被从梦中喊起来，惊慌失措地集齐在殿上，不知发生了什么事。他处在狂怒中，好像一只咆哮的野兽，让善祥难以置信这个人就是刚才温情脉脉的他。两个倒霉的巡夜兵，各自被打了五十杖，善祥觉得这处罚重了，心里暗自为他们不平。

可是次日的霞光里，他又恢复了谦和有礼的风度，看不到一丝昨夜的暴戾，或者柔情。相处越久，他好像越难看透，可越是走近，她就越觉得难以离脱。

这天夜里，当议事厅里又只剩下他俩的时候，杨秀清踱到善祥的背后，轻轻地抽去了她手中的笔。

“你在东殿日夜操劳，我该赏赐些什么给你？”

“这是微臣的本分，不敢邀功。”

“那么就算是我送给你的，随便你要什么，金银珠宝、名贵首饰，本王富可敌国，只要你说得出，什么都送得起。”

善祥想了想，略微含羞，却还是勇敢地说出来：“我想要一枚戒指，无论材质轻重，只要是你送的。”

七岁的时候她就想过这事，那年她看了本《大英国统志》，那书里说的英吉利真让她向往。男尊女，女尊男，女儿不独学针黹，还可博览经典，男视妻为同伴，将娶之时，媒妁不通报，由新郎亲自问婚姻，闺女亦可自主或允或弃焉。男女婚姻有法律，议亲婚姻之时，教师读其法，新郎新妇赠戒指，以表忠诚。

她只要一枚他送的戒指。

他记着这话，很快就准备好了。那是一枚华贵的戒指，精巧繁妙的黄金指环，上面镶着一颗硕大的红宝石，几乎要遮盖了半个手背，戒指很重，她连握笔都不敏捷了。善祥既欣喜，又有些尴尬。杨秀清却喜欢得紧：“这是最好的红宝石、最好的黄金，还有天京城最好工匠的技艺，本王命令他们一夜就要做好，果然还不太差。”

“这戒指未免奢侈，我只怕戴在手上会太张扬。”

“谁教本王给得起？你是最好的女子，配得上最好的东西，我喜欢。”

这句话傲慢又深情，她又深深地红了脸。

“我心里有多看重你，你一定不知道。”杨秀清认真地说，“和你在一起，寻寻常常的东西，都分外好看些，寻寻常常的事情，都分外有趣些。从前觉得熬夜批文谕是苦事，现在有你陪伴，反而恨不得夜晚更长些。”

“怪不得总是要人讲故事，讲完一个又一个。”她垂下头，娇嗔地说。

“谁让你讲得好听呢？”就像个耍赖的孩子，他轻轻地摇着她的手。

“没故事了。”

“怎么会呢，你看过那么多书。”

“看过会忘啊，而且书都让你们烧光了，没故事了。”她低着头咯咯笑。

“我给你看样东西。”杨秀清一脸神秘。

仍是西面大屏风后面的密室，他带她进去，拉着的手一直不曾放开。走过上次喝酒的土墙屋，不知又按动了哪个机关，露出道铁门，推门进去，竟是间极为宽敞的所在。而最让善祥吃惊的是，四壁高大的书橱里竟然满满当当地全是书，天王明令焚毁的四书十三经赫然就在上面。

“怎么样，不会再没故事了吧？”杨秀清一脸得意，“这地方极其隐秘，卢贤拔都不知道。”

“可是，私藏百家典籍不是有违法例吗？”

“那是天王干的糊涂事，我一向不大赞同。”杨秀清笑道，“他考不上秀才，就把火气发在书本上。”

“殿下既如此开明，我就趁此机会说两句心里话吧。江南自古诗书礼仪风气浓厚，捣庙宇、焚典籍的做法过于极端，恐怕会招致百姓暗中抵触，更怕会授敌以话柄，坏了我天国的名声。”善祥侃侃道来，“且不说诸子百家微言大义，对人心世道有劝惩之功，单论自古以来忠良俊杰的故事，也借助这书本流芳千古。岳飞之精忠报国，关羽之忠义无双，赵子龙之智勇双全，还记得吗？我讲他们的故事时，殿下总是忍不住击节叫好，感动不已，想必天国将士们看到这些故事，也定能激发勇气，奋发有为。”

“你说的，我心里都想过。”杨秀清皱着眉头，“我虽不识字，平生却最敬有字的书本。下令烧书烧庙，我心里其实难安，这个私密书房，也算是一点补偿。”

“连你都没有办法吗？”

“你也知道，外面都说我风头太盛，军政、人事大权已归我总揽，读书教义的事情，一直为天王所看重，总不好再抢了他的，总共就管那么点儿事。”杨秀清叹了口气。

善祥的担心并不多余。

甲寅四年（1854）正月廿二，曾国藩率湘军自衡州发往湘潭，出师前曾国藩亲自撰写《讨粤匪檄》，广为张贴散布，一时大军所到之处，民心纷纷所向。

“士不能诵孔子之经，而别有所谓耶稣之说、《新约》之书，举中国数千年礼义人伦诗书典则，一旦扫地荡尽。此岂独我大清之变，乃开辟以来名教之奇变，我孔子孟子之所痛哭于九原，凡读书识字者，又乌可袖手安坐，不思一为之所也。”善祥放下檄文，望向杨秀清，他应该知道，再不矫正焚毁书籍的政令，太平天国在民心里的失地会越来越多。

“天父自会有个决断，天父无所不能。”杨秀清沉吟着自言自语，又转头对善祥道，“若是天父命你讲一番道理，你会不会害怕？”

善祥心中已有分数，便一笑道：“我当然是尽己所能，知无不言便是。”

杨秀清点头：“这就对了。”

正月廿七日下午申时，东殿二府门鼓声急急，北王翼王率领侯相百官脚步杂沓地赶来，齐齐在殿上跪拜。

天父，下凡了。

“朕恐怕世人防妖太甚，毁尽古书，转无以为劝惩之助。”他坐在榻上，声疾色厉。

众人齐声说道：“天父劳心下凡，想必因众小子小女，有甚过错，获罪良多，又要劳烦天父下凡来发圣旨。”

“众小子小女，你们听好，朕有圣旨要吩咐，内簿书傅善祥在否？”

“小女在此。”

“朕命你代书圣旨，听见了吗？”

“小女遵旨。”

“千古英雄不得除，流传全仗笥中书。”

“天父劳心教导，小女今已书完，恭候再降圣旨。”

“善祥，你识得你天父的用意吗？”

“小女愚昧，肚肠稚嫩，未能解得天父圣意，不敢妄解，求天父赦罪教导。”

“朕赦你无罪，你且试着解来。”

“夫英雄之人，是蒙我天父将一点真灵授之其身，故生而徇齐，长而敦敏。入则尽孝尽悌，出则贞忠报国。至性不移，顶起纲常，维持风化。盖其生也有自来，其升也有所往。魂归天堂，名留人间。虽千古万年不能泯没。故我天父鸿恩，命将千古流传之书，不可毁弃。又有圣旨，几系贞心忠正的臣僚传述，总要留下也。小女愚昧妄解，未识有当圣意否？求天父赦罪教导。”

“好！你解得非常好！这些话你们都要谨记切记，细细参详，不得轻视，知道了吗？”

众人高声齐道：“谨遵圣旨。求天父宽心。”

“朕回天了。”话音未落，杨秀清的身体已经瘫软在椅子上。

座下很多人，包括韦昌辉都松了口气，暗想他老人家这回下了凡，照以往经验，总能消停十天半月了，至少这十天神经不用绷得太紧，晚上能睡个好觉。当时谁能想到，天父很快就会再来。

这次天父下凡，座下最为战栗的人，其实是胡九妹。

这两天她的眼皮一直在跳，有种不好的预感，总觉得那件事早晚瞒不过天父。天父无所不知，只是处罚有先有后。早在永安的时候，军帅周锡能策反内应被处死，天父下凡审讯，连周锡能和老婆、儿子私底下说的话都一清二楚，无人不被慑服，连周锡能死前都说是“天做事”。既如此，那天晚上的事情能逃得过吗?

陈宗扬却总嫌她多虑，他振振有词地说：“第一，这是天伦人伦的事情，不说他天王东王有数不清的王娘，就连天父也得生儿子不是？第二，那杨水娇胆小怕事，吓唬她两句就够了，再说她有脸去告发啊，她就不怕损了自己的清白？第三，咱夫妻俩是老兄弟、老姊妹，一路出生入死有功有劳，又在东府替九千岁办事，再怎么都得给些薄面，何必害怕成这样？第四，就算是要罚，还有卢贤拔和谢满妹呢，那晚我亲眼见他们夫妇衣裳不整、拉拉扯扯，是人都知道怎么一回事。”

原来前两天晚上，陈宗扬和胡九妹趁两人当值，找了后花园一处偏僻厢房幽会，偏巧女官杨水娇提着灯笼经过，听见声音便推门进去，陈宗扬来不及穿上衣服，索性一把抱住杨水娇亲吻，嘴里胡乱说些情话，吓得杨水娇直哭。胡九妹也趁势在旁边吓唬她，这种事情不光彩，咱们三人说出去都脱不了干系，要快活一起快活，要死一起死。杨水娇拼力挣脱陈宗扬，一路哭啼着逃了，连灯笼都没拿。夫妻俩也心怀忐忑，等了两天，并无动静，陈宗扬便放心了，可是胡九妹总觉得事情没完，所以天父下凡的时候，她跪在下面，紧张得连贴身夹衣都湿了。

也是这天下午，菀祥到东王府给王娘们送唐宫迎蝶香粉。此时前殿正上演威严盛大的天父下凡，后殿的王娘们却一派旖旎悠闲。娇小活泼的施王娘穿上新制的裙子，转来转去让人点评，又拿出一堆新的头巾、手帕、披肩给菀祥看。菀祥随意翻了翻，口里当然少不了赞美，待看到一件绣着凤穿牡丹的彩色披肩时，手不禁一抖。

这是大姐鸾祥的绣工，绝对不会错。她清清楚楚地记得这个图样，那年上元灯节让鸾祥最出风头的绣鞋上，就是一模一样、金碧绚烂的凤穿牡丹图。她借故要看仔细些，举着披肩走到窗前清净有风处，凑在鼻子上轻轻一闻，是大姐的香味，真真切切。从小她就爱闻大姐身上的香，甜甜的素馨香味，全家人里面大姐最香，这个味道她太熟悉了。

只是，大姐不是已经离开天京城了吗？她的绣工又怎么会出现在这里？而这明明是新针新线的刺绣，从香味判断不超一天。难道大姐还在城里？菀祥激动不已，忙向施王娘追问刺绣的来历，又急匆匆找到善祥。善祥知道妹妹的嗅觉天生灵异，不会有误，又亲眼见实那凤穿牡丹刺绣的确出自大姐之手，她心急知道鸾祥消息，央求杨秀清相助，杨秀清知道善祥一向最挂记这个姐姐，当即下令遍查。

消息来得很快。

这晚一更天，东殿二府门的大鼓又咚咚敲响，远的近的王侯将相匆匆赶往东王府。天父一日之内再次下凡，前所未有，想必事情紧急重大，每个人都惴惴地捏着把汗。

只见那天父巍巍在上，满面怒色，良久不发一声，等待的静寂里，连一个寒噤的声音都嫌刺耳。

“陈宗扬到了没有？”天父问道。胡九妹一惊，手脚已发起抖来。

女官禀报道：“诸官都到齐了，只有陈丞相远在下关，现仍未到，求天父宽心恕罪。”

“既然如此，留昌辉、达开、侯相及三府各官陪朕静候，其余朝官不必在此伺候，各自回衙理事。”

至三更，陈宗扬终于赶到，天父命移金埸至府二门，众官皆跪下候旨。

天父对韦昌辉和石达开说道：“锁起卢贤拔、陈宗扬来，手脚均须拷好。”

“小子遵旨，求天父宽心。”

天父又对杨长妹和石汀兰说：“将谢满妹、胡九妹锁起，手脚缚好。”

“请求天父宽心，小女谨遵圣旨。”

“陈宗扬！”天父厉声道，“你可曾与妻子胡九妹犯过天条？”

胡九妹一听这句，手脚俱软，跪也跪不住了，向一边歪去。

陈宗扬强作镇定地答道："小子不敢。"

天父怒道："陈宗扬，你知道周锡能、黄以镇二人可曾瞒得过天父吗？你还不据实招来！"

陈宗扬只好说："小子有罪，曾犯过一次而已。"

"大胆！你还敢当面欺瞒朕吗？"

那边胡九妹慌忙哀哀实告："不敢欺瞒天父，一共犯过五次。"

陈宗扬磕头求饶："求天父念我们是夫妻，又是老兄弟、老姊妹，求天父宽赦死罪。"

"你与妻子私合，尚可以赦宥，你从实招来，有没有起心要苟合别的姐妹？"

"小子真的没有。"

"你夫妻二人再从实招来，有没有私设牢狱，关押讹诈无辜的姐妹？"

胡九妹脸色惨白，陈宗扬抢着答道："小子不明白天父所说为何，小子真的没有啊。"

"死到临头，你还不招！"天父怒不可遏，一手抓起金龙枕狠掷过去，"你与妻子私合，被人撞破，竟敢色胆包天，要将那清白之人拉下染缸；你们夫妻为谋私利，掩人耳目，竟然天良丧尽，将那柔弱孤苦的孕妇关在地牢之下，整整五个月不见天日，又要日夜赶针刺绣，身体备受摧残，满头青丝俱变白发。你们这对狗男女，竟然还敢说真的没有？！"

陈宗扬、胡九妹只连连叩头，哀呼天父开恩，恕宥死罪。

天父铁青着脸，命人将他们拉下。

轮到卢贤拔受审，他自知隐瞒无用，便坦白道："小子不孝，劳我天父下凡，小子与妻一共犯过天条三次，自知罪该万死，恳求天父开恩赦过，自此以后，当痛洗前非，立功赎罪，永志不忘。"

天父沉着脸说："你身居侯爵，当志在军民，为何要以身试法？姑念你原有真心，对天事主，且自知悔罪，直认不辞，朕这次便准你所求，赦免死罪。"

说罢又大声唤命韦昌辉、石达开道："陈宗扬夫妇屡犯天条，已经获罪，又欲诱秽他人，构害忠良弱小，罪无可恕，当一同斩首示众。至于卢贤拔身居显职，不知自检，竟致夫妇同违天令，你们应将我的意思传给你们四兄，以重法治他。"

众人伏地高呼遵旨，天父回天。

案子一点儿都没拖沓，陈宗扬夫妇次日被斩首示众，卢贤拔处以革职并免枷游营。疏附衙密探当晚向杨秀清汇报了朝野上下的反应，听罢他蹙着眉头，若有所思。

"善祥，你最懂我心，知道本王在担忧什么吗？"

"殿下向来公正无私，赏罚分明，但是卢丞相的处置容易授人话柄。"

"按理按法，陈宗扬、卢贤拔夫妇都犯了天条，应该按同等罪处。"

“可是卢丞相与殿下感情深厚，你不忍心下手。”

“我真心信任的朋友不多，他是一个。无论别人如何非议本王，卢贤拔我杀不得。”

“恕善祥直言，夫妻之道是人之伦常，卢丞相所犯的错，本不是错，即便是陈宗扬夫妇行径如何恶劣，但在这一条上也罪不至死。天京城男女分馆，夫妇各异，这一条不合人情已久，我只怕刑罚越严酷，民心失得就越快。”

“这也是本王的一块心病，从前在永安曾许下诺言，打下小天堂便许夫妇完聚。但眼下北伐西征战事正紧，我怕兵士们惦记着家庭之乐，泄了士气，影响斗志，只能严令全城分馆，男女禁足。这也是一时权宜，待全军一鼓作气打下北京，我会尽早铺排各家团聚，不要再说了。”

这件事杨秀清还是那么固执，每一次提起男女分馆的话题都是无果，善祥知趣地住了口。想起姐夫为了和姐姐见一面而冤死，想起在女馆前哭着喊娘的小孩，甚至陈宗扬和胡九妹也有可怜之处，她心里忧痛，不禁生出一种深深的无力感。

“我有主意了。”杨秀清忽然开心地叫道，“偏袒卢贤拔，是本王的错，公正而言，要罚就该罚本王！这样卢贤拔可保，下面的人也没话说了。”

数日之后，天父再次下凡，责怪东王杨秀清执法不严，不足以服天下，命女官当场杖责五十板，以示儆戒。

这一幕让人看得心情复杂。

板杖打在他身上，纵然知道不会下手很重，但还是每一声都让人惊心。眼见这人身上落下道道伤痕，晚上要敷着热巾，趴在榻上听文谕，善祥真是又心痛又无奈。

“疼不疼？”她歪着头问。

“疼死了。”他叫唤起来，“屁股都打肿了，不信你掀起来看看。”

“呸，活该！”

“奇怪，你骂了一句，倒好了几分，再骂一句听听。”

“偏不。”

“你不骂也就算了，可是千万别说‘好哥哥’。”

“我为什么要说‘好哥哥’？”

“哎哟，一说这句就格外地疼，叫你别说。”

“偏说，偏说，好哥哥，好哥哥！”

杨秀清大笑应道：“哎，好哥哥我……”

善祥气得跺脚，作势要把手里的文谕打过去。

杨秀清笑着望她，把刚才那句话说完：“……在这儿呢。”

十五、如果你面前的是个烧炭佬

有多久，她们三个没坐在一起吃饭了。

善祥记得清楚："该有两年了，壬子年二月二日，家家女儿归宁，大姐就回娘家住了两天。"

菀祥快嘴接道："姐夫还提着两只朱漆盒，装着许多欢喜团和元宝蛋……"

她忽然打住，无人接话。

这段日子，三姐妹各自尽尝人生之艰难哀痛，重聚时候抱头痛哭了好几场，有多少眼泪都要哭干了，但每牵扯到伤心处，还是悲酸难咽。

"孝常知道三妹爱吃这些。"鸾祥微微笑着，不觉满脸是泪。

善祥吩咐女官多加一副碗筷，菀祥在旁边小声说："还有娘的，还有爹的。”

她们三人，加上三副静静的碗筷，就算是顿团圆饭了。就连这样的团圆饭，也难预期下一次，今夜原是为鸾祥饯别。

善祥常常后怕，大姐身陷险境，而且近在身边，自己竟然一点儿都没察觉。如果那天菀祥不是刚好来送香粉，施王娘不是刚好把新刺绣给她看，那么陈宗扬夫妇私合受刑之后，就永远不会有人知道地牢里还有她可怜的姐姐，那么鸾祥恐怕要死在里面了。每每想起，每每愧悔。

鸾祥被救出地牢的时候，正是阵痛开始即将临盆的关头。她身体瘦弱不堪，头发白了大半，眼睛见光流泪不止，二十多岁的人竟像个老妪。善祥和菀祥见了，当场失声痛哭。

幸而解救及时，鸾祥平安诞下一子，这男孩啼声惊人，眼神明亮，让人欢喜。善祥给外甥起名“鸿慈”，让他永生铭记母亲辛苦生养之恩，鸾祥则为儿子取字“光孺”，希望他长大后光宗耀祖。

经东王恩准，鸾祥母子在王府里好生调养，婆婆戴夫人也被接过来照顾。几个月后，鸾祥才慢慢恢复了元气，只是白发已经生成，无法断根，每见她抱着小儿低头哺乳，平静秀丽的容颜顶着那巍巍一头白发，都让人心酸不已。

小鸿慈满百天后，婆婆戴夫人执意要去南海投奔叔伯，她把儿子之死归罪于媳妇，心里总憋着口怨气。鸾祥自忖应该侍奉婆婆终老，遂决定携子随婆婆南下。东王看重善祥，也着意厚待其姊妹，不单开恩放行，还特意派了一队车马护送，戴夫人看这情形，对媳妇的态度也客气了不少。

“以茶代酒，咱们就碰一碰杯吧。”鸾祥笑道，两个妹妹也举起茶杯来，“咱们说点儿什么好呢？”

“善祥，你文采最好，不来说两句吗？”

善祥勉强笑笑道：“一时倒不知说什么好了。”

“菀祥，你平日最是口齿伶俐，这回怎么哑了？”

菀祥噘嘴：“讨厌饯行酒，讨厌践行茶，讨厌说饯行的话。”

“那好吧，我来说。”鸾祥握住茶杯，“我只求两样，一是咱们三个都平安，二是咱们三个……还能见。”

茶杯碰在一起，仰头而尽。

是不是喝得越快越干净，祝语就越能成真？善祥这样想着，不禁被一口茶呛住，使劲地咳嗽起来，姐妹们忙着给她拍背，她咳出了眼泪。

睡前，鸾祥看似无意地说了一句：“二妹，我看东王待你格外不同些，将来该怎样，你要想好。”

她想过的。

她贪恋和他在一起的时光，黎明走过鸟声叽啾的长廊，他在尽处的霞光里静静等她；批阅文谕至夜深，抬起头在烛火里相望一笑；他们一起讲过的故事、说过的玩笑，一起看过的月亮，还有在月光下踏过的石板上的霜。

她不是最好的女子。她不够温柔贤惠，常常恃才自傲；她不够精明伶俐，不懂审时度势；她改不了的倔强桀骜，宁死不肯服输。可是在他面前，她就能这样恣意地不够好，她就能这样自信，即使她不够好，他也一直会喜欢她、宽宥她。

他也不是最好的男子。他威风却也张扬，他骄傲却也骄奢，他强大也虚弱，他通达却也顽固，他决断却也多疑。只是，她就是甘愿被他驯服，她就是喜欢这样的他，无论他穿着王袍还是一身布衣，她都要他，谁来也不换。

她愿意这样朝朝暮暮看着他，她愿意这样生生世世在他身边，当她大胆地向他索要一枚戒指，就已经甘愿把全副身心束在里面，那是愿得一心人，白首不相离。张继庚的免死牌她随手扔在箱底，罪臣若不能免死，逆子也不要独活，她什么都不畏惧，只要和他在一起。

那晚秉烛夜谈，不知不觉红烛已尽，怕冲了气氛，不愿叫人更换新烛，两人就这样在黑暗里对坐。

在这温柔的黑暗里，朦胧地感知他在近处，暖热平稳的呼吸，每一丝都让人安心。她胸口一热，忽然想说出那些话来。

“我小时候看过一本《大英国统志》，里面有些有趣的事，上次英国人的‘响尾蛇’号来，竟然忘了问他们。”

“哦？我最爱听你说有趣的事。”

“他们国的男女结成夫妻时，要在天父面前许诺，‘两人若脾气很对，应承许愿，凛遵皇上帝所设之律，相爱相慈，或怀病，或快乐，相佐如天作之合，同床共枕也。自此以来，两者为一体，而不可离也’。”她的脸上热辣辣的，幸而他看不见。

“如果本王也愿意和你这样许诺呢？”

“那个时刻，你不是王，或者九千岁，也不是紫荆山的烧炭佬，或者下凡的天父，你就是你，我就是我。”

“如何？”

“愿我如星君如月，夜夜流光相皎洁。”

黑暗中他静默了片刻，伸长双臂，把她的手拢在掌心里：“如果我只是个烧炭佬，你也会这样说吗？”

“只要是你。”

他哈哈笑了两声：“不会。如果你面前的是个烧炭佬，穿着破衣服，满脸都是炭灰，上无片瓦，不知下一餐在哪里，那是你做梦也想不到的日子。江南的贵小姐，你会看我一眼吗？”

她有些尴尬，却无从争辩。

“我是不会让你跟着一个烧炭佬的，你只配跟着今天的我。”他的语气满是自负，“权倾朝野，威震天下，住的是高楼广厦，穿的是绫罗绸缎，家大业大，前府一呼百应，后殿人丁兴旺……太平天国堂堂的东王、正军师、九千岁杨秀清，这才是我。”

他的手掌强而有力地握着她，她感到轻微的不适。

她想自己可能有些天真，怎能忘了他是东王，忘了他的家大业大，人丁兴旺。后殿有三十六个王娘，每年的生日，春官丞相蒙得恩还会从女馆选送六名美女，擢升为新的东府王娘。

她的心猛的一下醒了过来。

他是她的唯一，而她只能是他的之一，这是现实，别忘了。

这样想着，心就茫然了。有些灰冷，又有些不甘和企盼，更多的是不愿去想，就这样迷迷糊糊的也好。既然结果是那样，她宁愿不要结果。

而杨秀清，终于要给她一个结果。

春和景明的一天，他踌躇满志地端坐在上，轻轻拍着座位的扶手。

"善祥，本王要给你一个喜讯。"

她抬起头来，心跳加快。

"你猜到了吗？本王……要正式封你为东王娘。"他笑眯眯地说。

她心思纷乱地望着他。

"本王要正式封你为东王娘，你将成为本王的妻子。"他又笑着说了一遍。

"那么，善祥将是第三十七位吗？"

"当然啦，和其他三十六位王娘同样尊贵，宫殿陈设、吃穿给用也是同样级别，待生了王世子女，还有额外赏赐。"

"在你心中，善祥跟她们也是同样的？"

“你要明白本王苦衷，家大业大，在众人面前，自然要做得一视同仁，不偏不倚。但你应该知道，我心里有多看重你，你想要什么，只要私下告诉我就是。”

“我什么也不想要。”她的眼泪夺眶而出，“我要的是愿得一心人，白首不相离！”

“本王知道，所以才要正式给你一个名分。”

“我能把整颗心给你，你能吗？三十七份，以后还会再有四十七份、五十七份，你的心要多大才够分呢？”

杨秀清哈哈大笑：“原来知书达理的傅先生，也会像寻常妇人一样吃醋啊。”

“一心一意、一生一世的专贞，不是两个人都应该恪守的吗？大英国的男女站在天父面前许诺，不也是说一夫只配一妻吗？”

“番鬼佬那一套不见得都适用，你不知天王日日在修改《旧约》，就是因为不适用吗？”杨秀清忍耐着不快，“女人善妒，读过书的也不开窍。我堂堂东王，自然要后宫兴旺，百子千孙才称得上大吉大利，才显示出我太平天国九千岁的气派和排场。三十六个王娘比起天王府算得了什么？让本王专宠你一人，偌大后宫只有一个东王娘，说出去简直就是笑话！”

“我不是一幅字画，也不是一个花瓶。”她倔强地仰起头，“善祥也是一个有血肉、有哀乐的人。东府的排场，我不想做。”

他面色阴沉，两手紧紧抓着扶手，良久，才说出一句话：“随便你。”

“我杨秀清从不强人所难。”他站起来，勉强挤出一丝笑，昂着头，拂袖而去。

她沉默，一直保持着仰头的姿势，即使这样，眼泪还是很快掉了下来。

烦心的事一起涌来，这两天杨秀清暴躁得惊人。

北伐援军南撤，会师毁于一旦，西征军湘潭落败，退守岳州，偏偏这时又有人报，水营惊传哗变。

原来这水营大半是来自湖南的兄弟，和广西籍的兵士一直不和，之前便有人从中挑拨，说东王待广西人厚，待湖南人薄，水营将士早就心怀不满。这次韦昌辉的手下北殿承宣张子朋奉命出师，要调遣一批船只，几个湖南水兵借机发了点儿牢骚，被张子朋打了一顿，这下可把火挑起来了，水营将士上下鼓噪，一齐解开船只嚷着要投奔清军去。

杨秀清即刻动身前往水营，同时派人到北王府直接绑了韦昌辉和张子朋送过来，当着全水营将士的面，韦昌辉杖责四百，张子朋杖责一千，息了众人的怒气，又好言劝慰，人人行赏，这才把一场哗变平了下去。

韦昌辉无端被打，心中好不恼恨，回到王府闷不作声，手下各将也群情愤愤，觉得大失面子。

有个姓王的裨将拔剑而起，大声对众将士说道："你们都是没种的吗？你们就能咽下这口气吗？他东王有什么了不起的，当初不也是和我们北王一样起于草莽，共同患难？现在凭什么骑在头上拉屎，要打就打，要骂就骂，一点儿脸面都不给！咱们今天要不以剑雪耻，只怕以后还有更难堪的！殿下，今天只要你点个头，我们马上就杀到东王府去！"

下面的将士也应和起来。

"混账！胡言乱语，挑拨离间！"韦昌辉狠狠骂道，"来人，把他给我砍了！送东王府以谢九千岁！"

韦昌辉拎着人头，一瘸一拐地来到东殿，无比谦恭地对杨秀清道："此次水营哗变多得四兄处置英明，才没生成大乱。小弟治理无方，差些酿成大祸，多得哥哥教诲。"

"天朝法例执行必严，上至天王，下至黎民，有错就该责罚，本王不是也被打过板子吗？你也不必心存怨恨。"

"哪有哪有？小弟感激还来不及。手下有人敢说三道四的，小弟立马就提了他的头来见哥哥。"

"嗯，难得你如此明理。"杨秀清满意地点点头。

"小弟和四兄几时都是一条心的。"韦昌辉满脸堆笑道。

"对了，你回去好好给我查，在水营挑唆的那个人到底是谁。"杨秀清狠狠地说，"用心如此险恶，本王不能轻饶了他。"

韦昌辉离开的时候，踉踉跄跄地走过善祥身旁。此时天气渐暖，身上着衣不多，善祥见到他的袍后隐隐渗出些血来，可见这顿杖板打得不轻。心里才有一些恻隐，却忽然遇到他斜斜射过来的目光，哀怨里那种细细的阴冷，让善祥不寒而栗。

这不是个可以小觑的人，他越忍耐，越退让，越柔顺谄媚，就越危险。善祥本是想提醒杨秀清小心提防，留几分颜面给北王，不要太难为和逼迫他，谁知杨秀清不可理喻地乱发脾气。

“我就要难为他！我就是要逼迫他！我就是要一点儿面子都不给他！怎么样？本王厌烦他，本王看不上他，本王就是这么爱憎分明！”

“兔子逼急了也会咬人，更何况他多少是个五千岁。”

“这么心急袒护他？我明白了，你是想做北王府的王娘。”杨秀清冷笑道，“傅先生喜欢小白脸是吧，为何刚才不当面说，本王成全你们就是，这还不容易得很？”

善祥气得说不出话。

夏天来临，天京城陷入了严重的粮食危机。

生之者寡，食之者众，入不敷出的圣库难以供养庞大的各馆。再加上清军江南、江北两大营在城外钳制，外粮长期难入，而两湖安徽将领也回书报告，所到之处米谷俱无，无粮可收。不得已，杨秀清只能下令全城吃稀粥，违者立斩。一时间民怨纷纷，私逃出城的人越来越多，抓也抓不过来，又有许多无辜被滥杀。

善祥将手中的文谕看了数遍，忧心忡忡，再次向杨秀清谏说结束男女分馆，使其归家团圆、各谋营生。当前情势紧急，如此既可减轻民怨，也能分担圣库的庞大开支。

“此事本王早有决定，待打下北京，自会铺排各家团聚，不必再费口舌。”杨秀清仍是固执己见。

“目前北伐战线受阻，胜利之日难以预期，将士百姓等待太久会丧失信心，容易变异，如今唯有全力稳住民心才是上策。”善祥不依不饶。

“本王才不怕，谁敢生异心，本王自有办法压得住。跑一个我杀一个，跑一千我杀他一千，宁可杀错也不放过，看有哪个不怕死的。”他冷酷又不屑地说。这姿态激怒了她。

“民不畏死，奈何以死惧之？”善祥忍无可忍，大声道，“靠斩头赚得到人心吗？你让我们编写《天朝田亩制度》的时候是怎么说的？有田同耕，有饭同食，有衣同穿，有钱同使，无处不均匀，无人不饱暖。可现在呢？天京城里人人食粥，王侯们却餐餐有肉有饭，天京城里家家妻离子散，殿下后宫可是养着三十六个王娘！上行却不准下效，一诺却不能千金。你们当初最痛恨的事，和现在做的有什么两样？”

杨秀清一时语塞。

片刻，他恢复了傲慢的派头：“傅先生，你刚才说话十分无礼，本王念你平日勤恳，暂且不追究论罪。至于食粥食饭，娶妻多少，乃是天父所定，天父自有裁夺。”

“为什么你总是要假托天父之名？你自己明明有足够的权威号令天下，你自己明明有足够的智谋治理国家，你怕什么，你为什么不相信自己的实力？你为什么不敢独自担责？兴师动众、粉墨登场、装腔作势这套不是万能法宝，人人都知道天父下凡是怎么回事！”她知道这些话的后果，但此刻还是不管不顾。

“人人都知道无碍，说出来就是有罪。为什么人人不说，人人都装作不知？不是因为愚笨——聪明过头招人讨厌。”杨秀清冷冷地说道，“读书人再了不起，也是为我所用，我要用谁，谁就是人上人，我不用谁，谁就是脚下泥。就连洪秀全又如何？我要他跪就得跪，我要打他屁股一样打得。”

他昂着头走过，不看她一眼：“今天起，你不用再来了。”

她浑身就像浸在冰水里，寒冷中却有种痛快的悲哀。等的就是这句话吧，她意识到自己为何要不顾一切地刺痛他了，这里面分明是有私心在，是绝望，是迎击，是自弃，是两败俱伤。

她不用再来了，也好。走到这里，总要有个选择。

韦昌辉查出在水营挑唆哗变的人，这人幼年曾随父亲在湖南岳阳生活，会说一口湖南话，通晓三湘风俗，又因为是北府典舆衙的教书先生，经常在军营里出入行走，也和各城门守将过从甚密。这个人就是张继庚。

与江南大营里应外合的计划极不顺利，张继庚仍百折不挠。

张继庚最早和清军约在去年十月十五日攻城，水西门他已打点妥当，江南大营元帅向荣却说水西门太远，军队容易疲累，必须从朝阳门入城。朝阳门守将是广西老兄弟，难度太大，吴长松上书向荣能否改为神策门或者太平门，向荣坚决不肯。张继庚无奈，冒险寻找内应，先收买了将军萧保安，再通过他的关系送了几两黄烟（即鸦片）给朝阳门守将陈桂堂，得陈默许，复又费心用黄烟买通了守将张沛泽。

诸事具备，暗约在十一月初一举事，哪知张继庚约的是太平天国天历，清军却理所当然照的是旧历，两者足足相差六天，失之交臂。第二天，张继庚一腔悲愤偷偷出城，赶到江南大营痛哭陈情，向荣这才真正被打动，遂再约定十一月初六会于神策门。可惜天不作美，那晚大雨倾盆，又未果。十一月二十四日，张继庚率众登上城楼，杀死守城兵，以此为号接应清兵。此时江南大营军队已抵城下，可是城门坚固，攻打不下，张继庚开门稍迟，清兵又迟疑不敢进入，错失良机，被迫后退，张继庚只好令众人逃回各馆。之后又约数次，种种缘故亦未能成。向荣以为是天意，稍有懈怠，唯张继庚意志坚决如初，吴长松、胡恩燮都对他敬佩不已。

却说那大孝子胡恩燮，隐姓埋名，往来城内和大营间传递消息，整日不是扮成乞丐，就是扮成疯傻流浪汉，有时借故流连在母亲的女馆附近，远远看见老母却不敢相认，心里真是煎熬。几个月来，他眼看攻下天京城不是一朝一夕便能，母亲在女馆留多一天，他就焚心一天。索性用煤灰涂黑了脸，突然狂呼怪叫地冲进女馆，趁众人目瞪口呆、六神无主的时候，背起老母一路狂奔出城。事后他总结道，这便是出奇制胜、趁火打劫。

吴长松来找善祥时，张继庚已被抓一个月了。

杨秀清下令严查水营哗变挑唆者，韦昌辉顺藤摸瓜，先查到了朝阳门守将张沛泽身上。张沛泽以为内应事发，将功补过抢先供出一众人等，陈桂堂招认，萧保安逃跑，张继庚却在城西古林寺被捕。

张继庚初抓进狱中，被打得遍体鳞伤，却咬定牙关一个字也不肯招，只天天喊冤："我只不过是个书生，哪敢起什么反心？都是张沛泽吃黄烟怕我告发，才无端诬我清白。"韦昌辉派人去查，果然从张沛泽家中搜到黄烟，便先治了他的罪，但对张继庚仍存有疑心，关在牢里不放。

吴长松原想率手下的机匠兄弟，趁夜救出张继庚，再会合城外清军一举破城，张继庚却坚决不肯。他说让大家为一人周折犯险太不明智，到时如有稍许差错，则目标暴露，前功尽弃。若长松再有此意，他宁愿立马撞死在牢里。

长松知道张继庚性拗，不敢拂了他的意思，便偷偷来求善祥，看她能不能说个情，想办法放了张继庚。可此时善祥的日子并不好过，东殿内簿书的职务被免之后，只做个普通的女官，整日里担些杂役差事，更有那跟红顶白、见风使舵的势力之人，见东王不再宠爱善祥，少不了许多冷嘲热讽、明枪暗箭。善祥心情低落，无心和她们周旋，又因为素来高傲，不惯讨好伏低，更是为众人所不容。

虽然帮不上忙，但善祥还是女扮男装，悄悄来探望张继庚。吴长松买通了看守，让两人有片刻时间相叙。这也是夜遇城门后，他们第一次面对面地交谈。

“张公子，别来无恙否？”她笑的样子，秀美依然，人是丰润了些，但神色还是郁郁寡欢。

“还好还好，有吃有住，还有人守护。”张继庚也笑容可掬。

“鼎镬甘如饴，求之不可得？”

“略微一点儿皮肉之苦，对吃过妙莲散的人来说，又算得上什么？”

两人开怀大笑，想起往事，想起造化无常，都有一丝怅然。

如果一开始是他，现在会怎样，是不是就少了许多周折烦恼？善祥暗自想。

如果当初不退婚，她早是张家的媳妇了，孩子都不知生了几个，又有男，又有女，女孩想必也像她一样机智可喜吧？张继庚这样想。

“我欠你一个人情，可惜现在帮不了你。但我打听过了，他们手上没有实证，你姑且忍耐一时，过了这个风头自然无事。”善祥带着歉意。

“千万不要帮我。”张继庚斩钉截铁地说，“你也从没欠过我什么。”

他的语气太硬，让她一下子有些发窘。

“你只当从不认识我，从未见过我，这便是最好的帮忙。”他又低声补了一句，“还有，那个免死牌一定要随身带好。”

“我不知道你们在做什么，但太平天国并非就无可取之处。东王勤政爱民，礼贤下士，从善如流，更富有谋略和朝气，这是我亲眼所见。”

“不要说这些。”张继庚打断她的话，又依依道，“你我见一次不易，相识以来这七八年，总共才说了十几句话。人生苦短，惜光阴不如惜言，必使句句如金玉，字字如珠玑，才不枉这一场相聚。”

善祥笑道：“好吧，张公子还想说什么呢？”

“此生一大遗憾……”张继庚叹口气，“傅二小姐，我就没见你好好穿过一回女装！”

话说吴长松等人和江南大营定在这月二十三日集结神策门，向荣特意让胡恩燮提前带了火箭喷筒给长松，约定以空炮作为暗号。这夜三更时分，大营总统领张国梁亲率骁将作为前军，由胡恩燮在前面引路，悄悄抵达神策门。约莫五更时分，听到炮响暗号，当时天上有些月光，照见城墙上人影杂沓，呼杀声阵阵，但城门却久久不开。胡恩燮、张国梁心急如焚，未几呼啸四起，环城角声呜呜，驻扎在城外的太平军也被惊醒，朝天开炮警示。张国梁知道事已不济，便顺道烧了城外的买卖街撒气，全军撤回大营去了。

原来早在太阳落山的时候，吴长松就率领张鸦头等人藏在柴薪衙窥视神策门，见到城门有工匠在斩木树栅，不知为何。四更时分，众人拿着兵器经过百子亭，被一名夜出解手的守城兵发现，大喊起来，张鸦头忙将他砍倒。这一意外让大家都有些着慌，待来到城门，见新做的木栅上锁着银铛，动一动便响声叮当，惊醒的守城兵跑出城头，张鸦头冲上去一气杀了六七个，再没人敢出来。只是木栅坚固难拔，即使用火，一时半会儿也烧不断，而城头已四面号角，救兵大至。吴长松等无计，只能再次饮恨而回。

城门未开，而守城将士陈尸城头，杨秀清判定此事必是内应所为，于是紧闭城门，重金悬赏之余，也加大搜索。一时城内居民议论纷纷，猜测是谁如此大胆神勇。那张鸦头平生低微无闻，遭人轻视，这次好不容易干了件大事，心里憋得痒痒的，忍不住向同馆好友沈兽医吹嘘了两句。沈兽医当即向东府告发，张鸦头被抓，懊悔自己轻率，历尽毒刑拷掠，气息奄奄，口中仍不吐一字，终被凌迟处死。

张鸦头宁死不招，内应的主谋一天抓不到，杨秀清一晚就睡不着。他整晚待在议事厅里，心烦气躁，看谁都不顺眼。东殿内簿书已经换了几拨，最多时甚至试过一天换了七个人，男男女女没有一个合他心意，不是嫌文采不通，就是嫌人愚笨，不是嫌声音难听，就是嫌字写得不好。来来去去地嫌，他身外十步没人敢走近，他愈恼怒，人们就愈怕，人们愈怕他，他就愈发觉得孤独难耐。

他索性谁都不要，谁都不准进来。一个人在空荡荡的厅里走来走去，走累了坐下来，坐在她常坐的位子上，心里登时一软，那笔墨和纸砚，摸上去似乎还有她的余温。

他就是不肯承认，他要找的内簿书须得和她一样，天下的女子很多，天下读过书的女子很多，可是像她那样的，只有一个。

可他又知不知道，每个这样的夜晚，她也在怔望着议事厅窗上的灯火？她站的地方离他那么远，远得似乎再也无法逾越，她就这么痴痴站着，几乎站成了一棵树。

为什么还要留在这里？她有时这样问自己，扫地、擦洗这样的杂役，繁重无聊；底层女官的排挤和嘲讽，郁闷无计。可她还是默默地忍耐着，日复一日，只为了在每个寂静的夜晚，能这样远又这样近地望一会儿他的灯光。

她就是不肯承认，自己实在舍不得他。

十六、一朵一朵，从冬至染到春深

对张继庚的审讯再次加紧。

审问他的是清军降官胡元炜，此人做过庐州知府，曾把一代名将江忠源骗到庐州并迫其自尽。也是为了表示对天朝的忠心，胡元炜对张继庚用刑甚狠，张继庚恨不能忍，终于说道："若是他人审问，学生定然无可奉告。但大人与别个不同，大人乃堂堂大清四品官，学生也是大清子民，何劳用刑？我知无不言就是。"

"这就对了，识时务者方为俊杰。"胡元炜大喜，忙解枷设座奉茶，好生招呼了一番。

张继庚喝了一碗茶才说："内应事大，哪里是一两个江宁人就能干的？"

"此话怎讲？"

“大人在江南做官，难道不知道江南人性格孱弱，没有广西老兄弟合谋，谁敢做内应？”

“说得也是，那广西老兄弟有谁？你快快说来。”

“参与内应的人很多，一时不能熟记，大人最好拿一本官名册来，待学生一一圈他出来。”

胡元炜忙派人去诏书衙索要官名册，哪知诏书衙总制不肯发册：“哪里有把官名册交到妖手的道理？”胡元炜无奈，只得让张继庚把记得姓名的先写下来。

张继庚边想边写着：“翼殿尚书周北顺，东试翰林严定邦……”

杨秀清亲自到场听讯，场面异常严峻紧张，帐外就设着刀斧手，张继庚写出一个人名，也不审讯，当即绑了推出去斩首。

未几，杨秀清起了一丝狐疑：“你所纠集的人里，为何一个江宁人都没有？”

“江宁人一向软弱，不足以图谋大事。”张继庚摇摇头，一副迷糊怯弱的样子，继续写道，“右史邓廷辅是主谋，国医刘春山知情不报。”

如此边写边杀，气氛愈来愈惨厉沉重。待张继庚写到第三十五个人名时，杨秀清突然大喊一声：“停！”

“把这妖头绑起来，明日闹市五马分尸！”他脸色苍白，大汗淋漓地说，“杀的都是老兄弟，我们中计了。”

这夜，张继庚在牢里径自笑个不停，又是唱歌，又是吟诗。

一个老狱卒呵斥："死到临头你还不老实！"

另一个年轻狱卒恨道："这大妖头，无端害死三十几个老兄弟，死一百次都不解恨。"

张继庚仰头大笑："让你知道，我凤山淮水之间，大有人在。"

年轻狱卒怒起来，非要拉张继庚出来打一顿，老狱卒拦下说："让他笑吧，待明日五马分尸的时候，他就知道后悔了。"

"后悔？"张继庚不屑地哼了一声。

他坐下，两臂松松地搭在膝头上："我一生只后悔过一件事……"他轻轻笑了笑，嘴边有些温柔的怅然。

杨秀清疲惫地回到议事厅，颓然瘫坐在榻上。

这是从没有过的挫败感，他聪明自负一世，竟然被个书生戏弄到这个地步，白白杀了三十四个高官，而且都是出生入死从广西跟来的老兄弟！他又是愤恨，又是心痛，又是愧悔，沮丧至极，晚饭一口都吃不下，也不见人，在议事厅枯坐至夜深。正心绪低迷时，忽地听见门外争执声，侍卫进来通报，女官傅善祥有急事要见东王，怎样驱赶拦阻都挡不住。

"让她进来。"杨秀清一阵惊喜，不由得站起身来。

她终于肯来见他了吗？等了这么久，等得都有些绝望了，她竟然这么大的架子，这么大的脾气。他略微带着些愤愤，想着该怎么为难一下她，让她哀求得久些，让她难堪，让她……

可是当她静静站在面前的时候，他的愤愤却全都不见了，半个月不见，长得好像几辈子，他心里一酸，伤心和委屈涌上来。这是他最无力的时候，这是他最软弱的时候，此刻他什么也不想要，只想紧紧地拥她入怀，只想紧紧地抱住她，她说什么他都肯答应。

善祥猜不透杨秀清在想什么，他的表情很奇怪，一忽儿喜一忽儿悲，阴晴难以捉摸。这不是开口的好时机，但她无暇再等，也别无选择。

善祥是为张继庚而来，今天的事已经人尽皆知，震惊朝野。她的震惊里则夹杂着至深的痛惜，却又不能不敬畏他的血性与执着。装作不认识她做不到，无论从前还是现在，这个人与她有关。

她犹豫着开口："殿下，微臣有一事相求。"

"你说吧。"

善祥跪下来："张继庚罪不可恕，乞求殿下赐他全尸。"

"原来你，是特意为他来的。"

"张继庚的父亲与家父是旧交，他也曾有恩于我。"

"你知道他做了些什么？"

"知道。"

"你知道他竟敢把本王玩弄于股掌之上吗？"

"知道。"

"你知道他杀了三十四个老兄弟，借用我的手和刀吗？"

"知道。"

杨秀清悲从中来，突然暴怒地喊道："你还敢跪在这里求他的全尸！”

善祥垂着眼睛，心里百般难过，停了一会儿才道：“于情于理，我不该来，可于情于理，我又必须来。”

杨秀清唇角一丝冷笑：“我想起来了，你十六岁曾遭张家退婚，是不是这个张继庚？”

善祥无言以对。

她早料到，以杨秀清的风格，这件事求也无果，只能痛对张继庚抱憾。为什么自己还要知其不可为而勉力为之，是要让他更恼恨自己吗？他已经够恼恨自己了吧，低下头，心里一片茫茫的哀凉。

“傅先生，有情有义的傅先生，可惜本王不能遂了你的心愿。”杨秀清咬牙切齿道，“五马分尸实在太轻，这个人我恨不能生吃了他！”

张继庚死了。

当天一场大雨把街道冲洗得干干净净，上天仁慈，不忍留下一丝惨烈的痕迹。很快人们便会忘记这里发生过什么，忘记他这个人，忘记关于他的一切。

可她不能忘。

这滂沱的大雨让她想起娘走的那天，雨水混着泪水，上天在陪着她哭，而这雨水和泪水是多么多么徒然。

他死了，她才真正开始想念他，才开始细细回想从前的事。他活着，她见不见他都无所谓，可是再也见不到是另一回事，另一回事。

那天吴长松让菀祥偷偷拿来个包袱，是张继庚生前存在吴长松那里的，藏来藏去、千叮万嘱的宝贝，可能是什么名贵的古董字画，便托善祥鉴别一下，看值多少银子，也好帮张家母亲卖个好价钱。

打开来看时，却是幅《寒梅图》。她哑然失笑，这画她太认得了，淡墨花开，满纸清气，簌簌梅花共九九八十一朵，当初只染了一朵。剩下的八十朵，这人竟然真的一日一日，一朵一朵，从冬至染到春深，每一瓣都细细涂满朱红颜色。想象他脚痛难行、伏案涂染的情形，善祥内心不由得大恸。

那块免死牌，这回才开始贴身带着，不是为了清军攻城时保命，只因为这是他唯一的馈赠，和娘的金手镯、杨秀清的金戒指一样，他们都在她身上，在她心底。无人时她便细细翻看这木牌，正面两个字“免死”，背面是向荣钦帅的印，看来看去还能看出什么呢？可她还是看出来了。他从不试图说服她、改变她，也从不评判她的选择，尽管那本是一个迂直正统的男人。他任她自行其是，任她横冲直撞，却早已给她准备好一块保命的牌，一条能退的路。

她看出来了，可是再也见不到他。

他还没见她好好穿过一回女装，她穿女装的时候是那么美。

却也是这块保命牌，差些要了善祥的命。

那天中午在内殿当班，她弯腰擦拭桌脚的时候，不慎把免死牌掉在地上。后面的女官向来嫉恨善祥，拾起来一看，当即边喊边跑去报说善祥是清军内应。

她被绑起送到东王面前，杨秀清狂怒的眼神是那样可怕。

“我辛辛苦苦到处捉不到的主谋竟然是你！你这个深藏不露、心机险恶、虚情假意的女人！你说的话全是假的，你做的事全是哄骗！我一片赤诚重你、敬你、护你，你就这样回报我！你的心在哪里？你对本王可曾有过一丝真心？！我只恨自己瞎了眼睛看错了你！你说，你让本王还能相信谁！”

他的话字字是刀剑，扎得她的一颗心躲藏不及，处处都在淌血。

她本想申辩，雄辩本是她所长，她有充足的理由，而他似乎也在等着她开口。

可是，她却忽然力气全无。

她不想说话，说又何益呢？既然他不信她了，既然他已经这样看她，既然他以为从前的都不算数，既然他可以这样轻易地推翻，原来所谓的相知相许、心有灵犀，脆朽得还不如一张枯纸。

她沉默着，死不开口，只硬硬地仰着脖子，眼里什么也没有。

傅善祥被关在死牢里，等待秋后问斩。

死牢静寂，静寂得像死一样。

她有时想，不必等到秋后，她的死亡已经开始了，一寸一寸地冷下去，一寸一寸地黯淡着，一寸一寸地销蚀了，她的心已经先死了，从内到外。这个过程也用不了多久，可她仍嫌漫长。

她不申辩，也不喊冤，缄默如行尸。锁枷沉重，动一动都难，她索性终日躺着，渐渐连饭也不肯吃。

菀祥来探望她，隔着重栅叫二姐，她有时应，有时不应。

“二姐，我偷偷带了些肉干给你，多少吃点儿吧。”

“不想吃。”

“你妹妹我好不容易省下了的，自己都没舍得吃，又冒死带进来，你吃一点儿吧，别让我伤心。”

“真不想吃。”

“你忘了大姐说过什么，要平安，要再见面，你就这么白白死了，还见个屁面啊！”

“生亦何欢，死又何惧？”

“这话就没道理了，生当然有很多很多的欢，单说一样，天下各色各样好吃的，你吃过多少样？你吃过了好吃的，难道就不想再吃一次？”

善祥苦笑。

“就算这一段没什么好欢的，你往前走着走着，说不定下一段又觅着新欢了。傻傻地就死在这一段了，那才真是死不瞑目。”

善祥不语。

“好姐姐，东王疼你，我看得出来。你就认个错、道个歉也不值什么，何苦要把脖颈硬成那样，好好的脖颈挨刀子不痛吗？”

“你走吧，别管我。”

菀祥生气，转头就走，没几步又转回来。

“还有件大事没跟你说，反正跟你说也没用，你已是一心求死的人。我和六哥要成亲了，东王刚刚颁了准许成家的法令，我还想着让你证婚来着。”

善祥默默退下一双金镯，从重栅里递出来：“这是娘的镯子，你戴上吧，权当是嫁妆。有六哥照顾你，我总算是放心了，只愿你从今以后都好好的。”

菀祥拿着镯子掩面而哭，善祥也默默掉泪。

哭了一会儿，菀祥擦干眼泪道：“你既然都要死了，东王赏的那个金戒指就给我吧，反正也带不走。”

善祥迟疑了一下，终是把戒指用力去下，给了菀祥。

望着手指上的一点勒痕，那是种绞痛后的轻松，再没有什么能把她束住了。

夜晚，烛光摇曳中，菀祥咬着笔管苦苦思索。

“二姐啊二姐，学你的字不难，可你的文采该怎么学啊？”

她叹口气，写了一句：“素蒙厚恩，无以报答，今已知错，悔恨不尽。思念日深，肝肠寸断。”想了半天，又写出一句，“欲再图报效，恐难再睹慈颜。谨将某日所赐金戒指奉缴，以表小妹之意，幸为垂鉴。”

不管了，自己就是这点儿墨水，东王能懂就行，反正他东王也不识字，谅他也看不出什么文采不文采。

菀祥这样想着，待墨迹干透，把信纸和戒指一起装好，只待天亮就呈送给东王。她托着腮自言自语道："你救我多次，我总算能救你一次。你是有出息的人，那如果我救了有出息的人，算不算也有一点点出息呢？"

杨秀清上午见信，中午就命人把善祥放了出来。

她缓缓地走出死牢，手脚许久不动，有些僵麻，她要一点一点把它们唤醒。

盛夏午后的阳光明亮得要把身体穿透，她不躲不闪，闭着眼睛站在日头下，像一只鸟张开翅膀沐浴在火里。炙烤中仿佛听见羽毛燃烧的噼啪声响，脉管里的血也渐次热烈奔腾起来。

她慢慢睁开眼睛，好像第一次看见天，第一次看见云，第一次看见树上的叶子，还有在树上飞过的褐色小雀，第一次看见这么多的新鲜和美。正是夏天最好的时节，她想起后湖大片的荷花，戏园门前角斗的促织，骑在门槛上吃豌豆糕的总角小童，风里好似吹来玫瑰酱渍在梅子糖霜里的甜香，还有晒盐渍芦笋和莲藕干的鲜美，她觉得饿了，很饿。是的，天下各色各样好吃的，她还有很多样没吃过，她吃过的，还想再吃一次，吃很多次。还有那么多好书呢！还有那么多有趣的地方呢！还有那么多美好的景致呢！

陪送的女官请她往前面走，往前面走。

没有什么能挡住阳光，挡住风，镣铐枷锁卸下，也没有什么再牵绊着手脚。她往前走了几步，心胸豁然开朗，一切都过去了，傅善祥已经放出来了。

“看见你，我很高兴。”杨秀清说出第一句话，他略微有些羞涩，但脸色甚是温和。

“我也是。”她望着他，一时有些茫然。

“你在牢里受了苦，我也病了一场。”他确实消瘦了许多，眼眶深陷，“如今国事纷繁，内忧外患，走到这步没有退路……我要你回来帮我。”

她不置可否。

他背着手臂踱来踱去：“你说得对，男女分馆不得人心。那日我问曾水源，为何连广西跟来的老将士也纷纷逃跑。他说夫妇团聚之诺迟迟不兑现，再不准将士有家，恐怕以后逃的人更多。”

她恭敬客气地说：“殿下英明，天下之本在国，国之本在家，这是人之本性。”

“天父已于前日下凡，要我铺排一班小弟小妹成家，迟些日子会解散女馆，让他们各自回家去。”

“菀祥也说了，殿下准她与总制吴长松成亲。”

“嗯，我天国倡导婚仪从简，婚娶官发予龙凤合挥即可成婚，无须聘礼花轿歌鼓，到时包头巾加一条红额就是喜庆。”

“嗯，如此甚好。”

两人一时无话，各怀心事，气氛有些尴尬。

善祥抬起头来，迎着他的眼睛："即使殿下会降罪于我，善祥还是不想隐瞒。善祥从没在你面前说过一句假话，但这件事，恳请殿下先赦我三妹无罪。"

"怎么啦？"

"那封信不是我写的。"

"我知道。"杨秀清苦笑着，有些无奈，"你是宁死也不肯低头的，你的脖颈比我的还硬。"

"你知道……"

"字迹是几乎一样，措辞却不是你的语气，你何曾在我面前自称过小妹？你又何曾如此低声下气认过错？当然，你也没错，我本不该怀疑你。"杨秀清叹了口气，语气软了下来，"可我宁可当那信是真的，本王需要一个台阶，我想你回来。"

善祥还是不说话。

"我答应你，在所有王娘里你级别独高一等，吃住使用永远都是最好的，你可以号令后宫，新旧王娘都必须听命于你。"他走近她，捉住她的肩膀，眼里满是恳求，"纵然本王有再多的摆设排场，也不及一个善祥，你知道吗？"

她还是轻轻地摇了摇头。

他望着她，眼里隐约有泪光："你为何就是不肯，把心放在本王身上？"

她要多努力才能抗衡他的眼神，整颗心绵软得几乎动弹不得。

“殿下，我已决意离开天京。”她不敢抬头，他的手把她的肩胛都抓痛了，她只怕一个不稳，就要投进那怀抱里，“善祥自幼就想做个志行万里者，人世间那么多有趣的地方，那么多美好的景致，心向往之，我已中途辍足太久。我娘去世之前，念念不忘父亲的音讯，我也想一路寻找父亲，以圆母亲心愿。”

“连你也要走，连你也要离开本王！你还想我怎么样？我辛辛苦苦才有今天，我毕竟是个堂堂的王！”杨秀清放开手，激动起来，“你一个妇女不立志相夫教子，志行什么万里，简直就是笑话，我只怕你出了门就寸步难行，吃了苦头才知道后悔。”

善祥扬起头，凛凛道：“世易时移，时来运转，世上没有不变的道理。你当年在紫荆山，也不知今日之富贵，你又怎知我走出去，一定会寸步难行？假以时机，女子之才不输男子，你又怎知将来之世界，女子不与男子同等机遇？”

杨秀清怔在那里。

她离开的清晨，是个朝霞万丈的好天气。

杨秀清亲自牵过一匹雪白的骏马，脸上还是那副满不在乎的骄傲神气：“这马还行，少说也能跑个几万里。我只怕你没走到几十里，就想回来。好在本王向来尊贤爱才，你随时回来，我东府大门随时敞开。”

善祥笑了笑，临行密密缝般认真嘱道：“殿下足智多谋，治军严谨，江南、江北大营应在明年底就可攻克，不成问题；北伐重在援军给养，西征当派出猛将，这些殿下自会运筹帷幄。我只提点一句，有些事要留有余地，给人留些面子，尤其是天王和北王。”

杨秀清哈哈大笑：“妇女心细，就是要多疑些。天王弱不禁风，无一日不能没我，北王胆小怕事，我看他也没多大出息。前路风险未卜，你还是多操心下自己吧。”

善祥不再多说，接过缰绳，正准备上马，忽地又被杨秀清扯了回去。

“我知道你个性倔强刚烈。”他矜持又急切地抓住缰绳，低声说道，“我会在楼台一直望着你出城，如果你半路回心转意，只要回一下头。你回一下头我就能看见，我有望远镜，知道吗？”

善祥深深望他一眼，低头说声保重，纵身上马而去。

他脚步匆匆登上顶楼，极目远望，只见一骑白马轻快矫健，飞快地穿过街道桥梁，遗下一溜尘烟渐远渐散。马上那青衣身影，挺直坚毅，只有衣带在风里猎动。

快到城门了，眼看就到旱西门了，马蹄慢下来，守城的兵士要检查关凭，她还不回头，她怎么还不回头？杨秀清眯缝着眼睛，喉头却哽住了。他甚至想改变主意，马上命人抓她回来，他的手紧紧地按在栏杆上，怕自己真的忍不住。

她没有回头。

成群的白鹭从山里飞起，天空一望如雪。

附录　小说主要人物事迹补记

杨秀清：1856年2月破江北大营，5月破江南大营，7月27日凌晨天京事变，杨秀清在东王府被韦昌辉杀害，年仅33岁。同时期东殿官署及亲信眷属被杀者逾两万。杨秀清死后，太平天国大纲紊乱，急转而下，湘军统帅曾国藩在家书中喜称“洪杨股匪，不患今岁不平”。其事见《太平天国史》卷四十四传三。

洪秀全：1856年7月16日，洪自称被杨秀清逼封万岁，迫于情势密诏韦昌辉、秦日纲回京勤王，并下令27日凌晨血洗东王府，诛贬杨秀清为“东孽”。10月5日，洪应石达开要求杀死韦昌辉。1859年10月7日，洪颁布诏书将每年7月27日定为“东王升天节”。1864年6月1日洪秀全病逝，6月16日天京被曾国荃攻陷，太平天国灭亡。其事见《太平天国史》卷四十二传一。

韦昌辉：1856年7月27日受洪秀全密诏率部突袭东王府，杀死杨秀清和全府男女老幼，又于全城搜捕屠杀东府旧部逾两万人。因恼恨石达开指责杀戮太甚，一怒之下将翼王府男女老少全部杀害。后被洪秀全诱捕，处以五马分尸之刑，并割下其肉挂于城头展示，上书“北奸肉，只准看，不准取”，时年31岁。其事见《太平天国史》卷四十七传五。

卢贤拔：1855年3月19日，天父下凡诏许，前犯夫妇同宿罪者卢贤拔辈亦许夫妇一体团聚。1856年7月27日死于天京事变杀戮中。其事见《太平天国史》卷五十三传十二。

何大妹：1853年10月，在广西女军中救扬州守军出围城，并于三汊河血战中立功。1854年冬女营解散，何大妹母女转入李世贤军中。其事见《太平天国史》卷七十妇女传。

朱九妹、杨水娇、石汀兰：三女于天王府被解救之事见1853年太平天国新镌《天父下凡诏书（第二部）》，其后事不详。

陈宗扬、胡九妹夫妇：陈胡因夫妇同宿罪被天父审判之事见1860年太平天国镌刻《天父圣旨卷之三》。

张继庚：张因其事迹被清廷赠国子监典籍，予世袭云骑尉，并建专祠。时人孙文川为其作诗《张烈士行》，叶廷管在《鸥陂渔话》著有《张炳垣传》。其事见《清史稿》卷四百九十三列传二百八十忠义七。

吴长松：1855年初，吴长松带妻傅菀祥，张继庚母亲、张鸦头母亲离开天京，归乡里专心经商，安居乐业，不再参与军国政事。清廷以其有功授县丞职，终不就。其事见《清史稿》卷四百九十三列传二百八十忠义七。

胡恩燮：清廷以其与继庚谋内应，出入敌营三十六次，以功叙苏州知府。1874年，胡辞官返乡购得梦寐以求的魏公西园，改名为愚园，后世称为胡家花园。胡恩燮奉母亲入住愚园，园居不离母侧，后母亲去世，胡恩燮悲伤难抑，竟投园池以殉，幸而被家人及时救出。胡恩燮著有《愚园偶忆诗草》《患难一家言》。其事见《清史稿》卷四百九十三列传二百八十忠义七。

张鸦头：张鸦头死后，其母为吴长松奉养终老。张鸦头学名张士义，其事见《清史稿》卷四百九十三列传二百八十忠义七。

傅鸾祥：1854年春，傅鸾祥携幼子奉婆母戴夫人往广东南海西樵投奔亲属。其子戴鸿慈于光绪二年中进士科，历任刑部侍郎、户部侍郎、刑部尚书、军机大臣，是清末出国考察五大臣之一，中国近代史上第一位司法部部长。

傅莞祥：1855初随夫吴长松归乡里，生儿育女，采香制粉，授予吴长松经营，生意兴隆，供不应求。两江巡抚每年上京进贡，其各色香粉均出自她家。

傅善祥：1854年8月离开天京，去向不明。有人说她去了北京，有人说在香港见到她的踪迹，还有人说她乘船去了英吉利国。志行万里者，去到再远的地方也不足为奇。自国以来巾帼而书名者无几，才如善祥，名字也只在1860年太平天国镌刻《天父圣旨卷之三》中出现过一次，后世演义附会者姑且不论。

万千女子之才，湮灭在浩瀚史册，事不可考，无声无息。

而我此刻，分明见她回头一笑。

后记

而我分明见她回头一笑

关于这本书，我要感谢两个人，巧的是，她们都姓王。

王海鸰老师很直白地给我写了句推荐语："我愿意花钱去买陈麒凌所出的每一本书，因喜欢她的文字。"

她写完还有点小困惑，说自己不太满意，可又不知怎么说好。她应该是很认真地思考过，推荐的目标就是让书好卖，那你们看吧，我自己都愿意花钱买了——多实在啊。

这就是王老师的善良可爱，虽然她平时看起来有点严肃，不会说废话、套话、漂亮话，可不知为什么，却给人一种结结实实的信赖感，我常常请教她、求助她，一点儿也不觉得紧张、畏怯或者担心亏欠什么。在我的通讯录里，王老师的漫画头像是个温暖的所在，看着就觉得安心，如同家有一宝。

我还要感谢王晶。她是这本书的产品经理，也是接手这本书的第五个产品经理，是的，第五个。

这个温柔坚定的姑娘，凭着对一个作者的喜爱，勇敢地把这本书一步步地做出来，半年里从报选题、申请书号、定书名到选封面，她遇到的困难和压力，从没在我面前透露半句。永远都是微笑的表情，永远都是轻松乐观的语气，只在书要上市前轻轻地说了句，“您什么时候能再写一个麦蓝那样的啊”。

写作者多不喜欢重复，可我愿意为她再写个那样的，愿意为她写得更好。

我在这本书里讲了个故事，一个女子，在备受争议的时代，成了状元，这是中国一千三百多年科举史里，唯一的女状元。

她是异数，孤独的异数。

她的时代不鼓励女子识文断字，可她偏偏有才，这是多余的。

她的时代要求每个女子都须缠足，可她偏偏违抗，甚至不惜以死明志。

可是时代忽然翻了个儿，戏剧性地颠覆，缺失的不再重要，多余的反而成为强项，她成了女试的状元。

然而她不是英雄，也做不了英雄，只是巨浪奔流中的一粒小蚁，在浪尖上或是在浪底下，由不得自己，也用不了力气。

我总喜欢遐想大历史中的小人物，也许，小人物才能看见小人物。

选择这段历史，缘于偶然看到的一篇文章，文章赞颂太平天国的进步纲领，其中有禁止妇女缠足这项，提及“一日万家缠足放”。我读过邝丽莎的《雪花秘扇》，也读过高洪兴的《缠足史》，知道缠足是晚清女性幼年必经的身体酷刑，甚至可以说是九死一生的噩梦。如果一个哭哭啼啼被母亲抓去缠足的小女孩，刚好遇到禁缠足令颁发，那应该是个欢喜的故事；如果一个双足已缠成形，多年视一双金莲为人生最大荣耀的成年女性，那或许是个悲惨的故事，因为畸形变异的双脚一旦失去缠足布的捆绑，就真正成了寸步难行的废人。

那如果有这样一个女子，幼时冒天下之大不韪保住自己的天足，成长历程里饱受世俗礼教的排挤嘲讽，那么真可以说，她等到了最好的时代。升腾与变动，冲突与碰撞，传奇多生于乱世里，因为一切都显得不牢靠，因为一切都有了可能。

以往关于这段历史的叙事书写，有太多的男性视野、纷争、战役和权谋，而我只想平和温情地讲述一个女子的故事，讲述那些遇到的发生与发展，头顶上是风云，脚底下是江流，那江南冬夜里固然响着猎猎的旗声，但风中也飘着玫瑰酱渍在梅子糖霜里的甜香。漠漠红尘如泥，是沼潭，也是蕴藉生机的滋养，她抵抗着向下拖陷的力，也渐次长出破茧高飞的翅膀。

小说最后，是十几位人物的事迹补记，写到傅善祥，我的女主角，当写完预期中最后一行“万千女子之才，湮灭在浩瀚史册，事不可考，无声无息”时，仿佛神在差使，双手不停又打出一行字，把自己吓了一跳——

“而我此刻，分明见她回头一笑。”

后来我去了一次钞库街，两边都是钢筋水泥楼，跟我想的、写的都不一样，当然不一样了。

《传道书》里说，一代过去，一代又来，地却永远长存。日头出来，日头落下，急归所出之地。

不知道街上的石板铺过了几层，可我知道她走过。

陈麒凌

2016年11月9日

于稍微有点凉的阳江

《红尘如泥》（原名《天国梦之女子有才》）
荣获全球华文文学星云奖评审意见及作者获奖感言

一、评审意见：

陈芳明（台湾政治大学文学研究所所长，中文系教授）

傅善祥，一位拒绝缠足的女性，从知识启蒙的时期，就已经对传统价值与制度抱持强烈的批判态度。她的思维，正好与道光年间太平天国运动衔接起来。这部小说，把一个超越时代的女性，置放在风起云涌的社会变化关头。从史实来看，正是中国封建文化到达历史末端的阶段，素朴女性意识的抬头，与民间对腐败清廷的不满正好不谋而合。这篇小说之所以吸引人，便是在于找到一个恰当的时间点，使整个故事刚好可以介入。

林载爵（台湾联经出版公司发行人兼总编辑，上海书店董事长）

太平天国崛起时，到底对多少家庭造成冲击？作者以傅善祥为中心，勾勒民间社会在时代浪潮中的浮沉真相。在感情方面的刻画，相当传神地描绘出女主角的刚柔并济。傅善祥曾经遭到张继庚的退婚，却又在天国王府里重逢，但是另一方面她又被天王杨秀清的霸气所吸引。

杨照（哈佛大学史学博士，台湾作家、文学评论家）

太平天国的历史，曾经受到太多负面的评价。作者有意翻转长久以来被贬抑的史实，同时，也企图翻转传统女性的身份、地位。具备这两种翻案的使命，使这个故事特别令人期待。这篇小说，脱离章回体的限制，注入许多现代思考，几乎可以放手一搏。在重要关键处，作者似乎忽略了女性的心理描写。在清廷与天平天国之间，在传统价值与女性反抗之间，在杨秀清与张继庚之间，其实夹带着太多矛盾冲突。作者都只是停留在表明的叙述，未能深入女性的心理世界进行探索。但是作者的努力，应该得到肯定。

二、作者获奖感言

这是我第一次写历史小说，这个尝试让自己都感到惊讶。

可我想写，在19世纪晚期的金陵，那些在传统和变乱里哭过笑过挣扎过最后无声无息湮灭的女子，我想替她们说话。

知道历史小说难写，仿佛戴着镣铐的飞翔，一手是考据，一手是想象，动了笔才知道不容易，几番难以为继的时候，想到星云大师“人生永不退票”的教示，还是埋头写下去，这个过程也让自己感到提升和获益。

感谢评审们的鼓励，你们给了我一张入场券，我会好好珍惜。

感谢星云大师的无私仁爱，让慈慧的光芒洒在我衣襟上，我当继续努力。